JN078605

うたう

小野寺史宜
Fuminori Onodera

祥伝社

うたう

うた・う【歌う／謡う／唄う／謳う】

1 音楽的に発声する
2 鳥などがさえずる
3 明確に主張する
4 詩歌(しいか)をつくる

目次

うたわない　古井絹枝　5
うたう　鳥などがさえずる　伊勢航治郎　G　53
うたう　明確に主張する　堀岡知哉　B　113
うたう　詩歌をつくる　永田正道　D　169
うたう　音楽的に発声する　古井絹枝　V　223

装幀　多田和博+フィールドワーク
装画　田中海帆

うたわない　古井絹枝

湧き出てくるものがある。それがうた。

みたいなことをお母さんが言った。

何それ、とわたしは密かに思った。そんなの、わたしからは湧き出てこないよ、とも。

そのことを思いだしながら、わたしはお母さんを見てる。

お母さんはうたってる。ほかの人たちもうたってる。全部で六人。それぞれが少しずつ距離をとり、前を見て立ってる。ゆるやかな曲線を描き、扇形に並んでる。

前にはピアノがある。学校の音楽室に置かれてるようなグランドピアノではない。コンパクトで個人宅にも置けるアップライトピアノ。

イスには先生が座ってる。鍵盤のほうを向いてるのではなく、うたってる人たちのほうを向いてる。

わたしはその人たちの後方にいる。壁沿いにパイプイスを置き、一人でそこに座ってる。でもずっと座ってるのも何なので、時々立ったりする。音を出したりはしないよう、うたの邪魔にならないよう気をつけて。

ずっと座って見てるのは偉そうだから立ったりもするだけなのだが。立って見たら立って見たで、やはり偉そうな感じにはなってしまう。

楽譜を手にした六人が、声をそろえてうたう。といっても、同じパートをうたうわけではない。学校でよくやる校歌斉唱（せいしょう）、の斉唱ではない。音の高さは少しずつちがう。いわゆるハモりというあれだ。

最初にウォーミングアップみたいな声出しをやったあと、先生の指示で、うたはすんなり始まった。それこそ校歌斉唱でわたしたち生徒がよくやるような口パクをやる人はいなかった。

まあ、そうだろう。六人しかいないのにそれをやったらすぐにバレてしまう。うたいたいからここに来てるのにそんなことをやるわけもない。進んでうたうのではなく、いやいやうたわされるから口パクをやるのだ。中学生のわたしたちは。

合唱の練習。杉並（すぎなみ）区の区民センターの音楽室でおこなわれてる。二つある音楽室のうちの一つだ。

練習は、月に水曜二回と日曜一回、と決まってる。今日は日曜。午後四時から六時の二時間。中学の授業は五十分だから、それ二回分以上。長い。

合唱団の名前はこれ。コーロ・チェーロ。イタリア語でコーロは合唱、チェーロは空、だという。空に響く合唱、みたいなことだろう。

合唱団て、例えば杉並ナントカ合唱団みたいに、地域名と合唱団という言葉を組み合わせるのだと思ってたが、そんなこともないのだ。こんなふうにバンドみたいな名前を付けることもあるらしい。アカペラグループのようなイメージなのかもしれない。コーロ・チェーロ。カッコいいことはカッコいいが、要するにママさんコーラスみたいなものだ。アマチュアもアマチュア。趣味でやってるだけ。

ママさんといっても、わたしのお母さんよりずっと歳上の人ばかり。見た感じ、お母さん以外は全員六十代だ。五十代すらいないっぽい。

メンバーは全部で九人だという。流れでついママさんと言ってしまったが、男の人も二人いる。今日来てるのは岩塚繁（いわつかしげる）さんという人だけだが、もう一人、吉原房利（よしはらふさとし）さんという人もいるらしい。

さっき、この音楽室に来たとき、お母さんがほかの人たちにわたしを紹介した。

へぇ。君枝（きみえ）ちゃんの娘さんか。よく似てるね。と岩塚さんは言った。

似てません。とわたしは言いそうになったが、言わなかった。

実際、似てないと思う。でもたまに言われるのだ。お母さんに似てるねと。言う人は、たぶん、誰にでも言う。本当に似てるかは関係ない。親子だと聞けば、似てるね、と言う。そう言っておけば問題はないから。

と言いたいとこだが。

問題はあるような気もする。世の中には血のつながりのない親子だっているのだ。その親子に、似てますね、はマズいと思う。まあ、お母さんとわたしは実の親子だから別にいいけど。

お母さんによれば。最年長の岩塚さんが七十一歳。今日はいない若手の吉原さんが五十六歳。

つまり、本物の若手はお母さんだけだ。

それでやっと四十一歳。そのお母さんが最年少。スポーツ選手ならほとんどが引退、アイドルタレントならほとんどがグラビアを卒業してる歳だ。中学の先生なら学年主任とかになってるはず。早い人なら教頭先生になってるかもしれない。

で。わたしはそこに入れられそうになってるのだ。四十代から七十代で構成される合唱団コーロ・チェーロに。十四歳。究極の若手として。

やってみれば楽しいから。とお母さんはわたしに言った。うたうのってね、すごくいいストレス解消になるの。運動と同じ。ちゃんと声を出してうたったあとは、気持ちがすっきりする。カラオケだってそうでしょ？　うたったあとはすっきりするよね？

わたしは中学二年生。カラオケは二回しかやったことがない。お母さんとではない。二回とも、友だちの船山八汐とその家族とやった。八汐のお父さんとお母さんが、板橋のラウンドワンに車で連れていってくれたのだ。

もちろん、お母さんにおこづかいを渡されてはいた。が、八汐のお父さんとお母さんは、今日はいいから、とわたしにそのお金をつかわせなかった。一回めも二回めもだ。二回とも、お母さんはあとで電話をかけてお礼を言った。

ラウンドワン。お目当てはボウリングとクレーンゲームだったが、そこでカラオケもやった。八汐のお父さんとお母さんは昔のJポップなるものをうたった。八汐はアイドルグループのうたを、わたしはアニソンをうたった。曲のキーを簡単に上げ下げできるカラオケの機能やマイクのエコーはすごいと思ったが、うたってすっきりしたかは、よくわからない。

お母さん自身は、都営住宅の同じ棟に住む土橋米子(どばしよねこ)さんに誘われて、コーロ・チェーロに入った。

米子さんは階も同じ。二階。すぐ隣ではない。隣の隣だ。だからよく顔を合わせた。

わたしが区立の保育園に通ってたときから、何かと世話を焼いてくれた。たまにはわたしを預かってくれることもあった。

そんなときには、わたしのためにお菓子を買っておいてくれたりした。いつも自分が食べるおせんべいなんかではなく、クッキーやビスケットを用意してくれるのだ。

小学校に上がってからもそれは変わらなかった。わたしは学童クラブを利用してたが、お母さんが仕事で急に残業を頼まれたときは、そこに迎えに来てくれたりもした。

米子さんは、信親(のぶちか)さんというダンナさんと二人で暮らしてる。子どもはいない。もう大きくなってよそに住んでるとかではない。初めからいないのだ。

信親さんは普段ほとんど家にいないから、会うことは滅多(めった)にない。でも会えば声をかけてくれる。君枝ちゃんこんにちは、なんて言う。君枝ちゃんはお母さん、この子は絹枝(きぬえ)ちゃん。と米子さんに怒られたりする。毎回そうなってしまったりもする。おもしろい人だ。

信親さんは映画関係の仕事をしてるらしい。

だったら俳優さんのサインとかもらえるのかな、と思った。小学生のころ、お母さんにそう言ってみたこともある。

うーん。難しいかも。とお母さんは言った。ああいうお仕事もなかなか大変みたいだから。土橋さんは裏方さんらしいし。

裏方でも撮影の現場にはいるんじゃないかな、と小学生なりに思ったが、思っただけ。口にはしなかった。

中学生の今は、何となくわかる。

信親さん。仕事はしてるのだろう。その仕事が映画関係であることもまちがいはないのだろう。でも。有名な俳優さんと一緒になったりはしない。

まず、そんなにお金を稼いではいないのだ。というか、ほとんど稼いでないのかもしれない。例えば、撮ってるのは自主映画だとかで。

たぶん、生活費のほとんどを米子さんが稼いでるのだ。駅前のスーパーでの仕事や、ほかのかけもち仕事なんかで。

わたしもまさに中学生になって知った。都営住宅は、収入が多いと住めない。それがある一定の額を超えたら、出ていかなければいけないのだ。ということは、住んでるなら超えてないということ。米子さんのとこもウチと同じ。楽ではないのだ。

米子さん。前はよくパチンコをやってた。わたしが小学校の低学年だったころだ。

わたしのために用意しておいてくれたお菓子はその景品、ということもあった。今日はたくさん出たから絹枝ちゃんにこれもらってきたわよ、とわざわざチョコレートなんかを渡しに来てくれたりもした。いい店がそっちにあるからと、やるときは荻窪（おぎくぼ）駅のほうまで自転車で行ってた。

それが唯一の趣味だったのだ。

でも今はもうやってない。やめたのだ。結局、お金がかかるから。

その代わりに合唱を始めた。というか、合唱が先。合唱を始めたら、そちらが楽しくて、パチンコはすんなりやめられたらしい。

米子さん自身は、お母さんとちがって、人に勧められたのではない。自分で始めた。パチンコの帰りに寄った区民センター。そこの掲示板に貼られてたメンバー募集のチラシを見て、やってみようと思ったのだ。未経験者歓迎。性別年齢不問。さあ、一緒にうたいましょう！　との文言に惹かれて。

そのころはまだコーロ・チェーロではなかったという。それこそ、杉並ナントカ合唱団、だったそうだ。ただ、団と言うほど人数は多くなかったから、変更した。今日はいない若手の吉原さんの提案で、コーロ・チェーロとなったらしい。

初めからその名前だったらやってなかったかもね。と米子さんは笑ってた。だってさ、カッコよすぎるじゃない。わたしなんかが入れるわけない、入っていいわけない、と思っちゃうよ。

コーロ・チェーロは、混声四部合唱団、だ。男声も女声もあるから、混声。ソプラノとアルトとテノールとバスがあるから、四部。

ソプラノは女声の高い音域で、アルトは女声の低い音域。テノールは男声の高い音域で、バスは男声の低い音域。この場合、一番高いソプラノと一番低いバスを外声、それに挟まれたアルトとテノールを内声と言うそうだ。

メロディをうたうのはソプラノ。お母さんはアルト。ただ、コーロ・チェーロは人数が少ないから、一曲のなかで役割を変えたりもするらしい。

そのあたりをどうするか決めるのが先生だ。

宮前冬穂（みやまえふゆほ）先生。五十代半ばぐらい。音楽大学の声楽科を卒業したという。本格的にやった人、ちゃんと学んだ人、なのだ。ピアノも弾けるらしい。

でも指導にピアノをつかうことはほとんどない。メロディを弾いて聞かせたりはしない。時々、鍵盤をトントン叩くだけ。この音のときにね、と言い、その音を示す程度だ。

それはちょっと意外だった。中学で音楽の時間にやる合唱みたいに、ピアノの伴奏に合わせてうたわせるのだと思ってたから。

ここではピアノはなし。うただけ。本番でもそうらしい。ピアノの伴奏はなしでうたうのだ。

宮前先生自身が長々とうたってお手本を示したりもしない。ところどころでやってみせるだけ。中学の授業とちがい、メンバーはもうそれなりにできる人たちだからかもしれない。ゲームとスポーツにしか興味がない男子たち。合唱なんて初めからバカにしてかかるバカ男子たち。みたいな人はいないのだ。ここには。

宮前先生の指導はこんな感じだ。たまにうたを止めて、こう。

「はい、今のとこ、ヌルッと入らないで。ちゃんと意識して入って。でないとぼやけちゃう。ここは入りが大事なの。出だしね。ヌルッとはよくない。クリアにスルッといきたい」

あとは、こう。

「うーん。それぞれのブレスのタイミングが微妙にずれてるかな。そこもバチッと合わせてほしい。それ、聞いてる人に結構伝わっちゃうから。なかには自分でうたってるつもりで聞いてくれる人もいるからね。そんな人は、あれ、ちょっと苦しいなって思っちゃう。そう思ったら、聞いてて楽しくなくなっちゃう」

練習するのは三曲だ。日本語の唱歌が二つと、英語の曲が一つ。

日本語のそれ、『朧月夜（おぼろづきよ）』だけはわたしも知ってた。いつだかの音楽の授業で出てきたのだと思う。うたわされたことは、あるようなないような。

六人全員、声はよく出てる。そこは感心する。大声とはまたちがう、よく通る声だ。この音楽室の空気を心地（ここち）よく震わせるような、そんな声。二時間もうたったら枯れてしまうのではないかと思ったが、正しい発声をすれば声は枯れないらしい。それもお母さんが言ってた。

楽譜は、全員が読めるわけではない。お母さんも米子さんも、ちゃんとは読めない。楽譜を見ただけでうたえるとか、どんな曲かわかるとか、そんなことはない。読めなくても、最低限の音楽記号なんかがわかってればどうにかなるらしい。

立って座って、をくり返しながら、わたしはお母さんを見る。うたってるお母さんだ。後方からだが、扇形に並んでるので、横顔は見える。

お母さんは、左手に持った楽譜と、その向こうの宮前先生を見て、うたう。

とても楽しそうに見える。そう見えるだけではなく、実際に楽しいのだと思う。極端なことを言えば、一番楽しいのが今。この一週間でお母さんが一番楽しいのが今なのだ。

そのくらいはわかる。娘だから。

そして練習は終わる。

宮前先生とほかの人たちにあいさつをして、わたしは区民センターを出る。

図書館に寄るので、お母さんと米子さんと帰りは別。自転車で五分弱、歩いても十分弱だから、図書館にはよく行くのだ。

本を二冊借りて帰ると。ちょうどお母さんも、米子さんが勤める駅前のスーパーでの買物を終えて帰ってきた。

うがいと手洗いを終えたわたしに、お母さんが言う。

「合唱。どうだった?」

「どうって。まあ、いいんじゃない」とわたしは返す。

自分でも、主語がよくわからない。合唱そのものが、まあ、いい、のか。お母さんが合唱をやってることが、まあ、いい、のか。

「絹枝もやらない?」

やらない、とは言わない。すぐにそう言うのはきついような気がするから。

でも代わりに言う。

「いや、無理でしょ」

「どうして?」

「どうしても何も。いくら何でも無理でしょ」

どうして？　と訊くのがもうおかしい。普通、無理だろう。中学生のわたしがあの人たちと一緒にはやらない。あんなふうにはうたわない。うたったところで、お母さんみたいには楽しめない。

「いやだ？」

「いやとかじゃなくて。無理」

そこはそう言いきる。冷たいな、と思いながら。

米子さんは親切だから、好き。ほかの人たちだって、たぶん、親切だろう。いや、まちがいなく親切だ。練習を見学させてくれる時点で、もう親切。もしわたしが入ったら。優しくしてくれるだろう。世話も焼いてくれるだろう。お菓子だってくれるだろう。

でも。

こんなことを言っちゃいけないのはわかってるけど。

でも。

一緒に合唱をやるのはいや。

はっきりと、そう思ってしまう。自分が冷たいのを受け入れて。認めて。

お母さんはこうも言う。

「ああやって先生に指導してもらうし、練習場所も借りなきゃいけないから、毎月会費は払うの。三千円」

「じゃあ、絶対無理でしょ。それ二人分なんて」

「でも絹枝は中学生だからタダでいいと先生が言ってくれてるの。ほかの皆さんもそれでいいと言ってくれてる。中学生が一緒にやってくれるのはうれしいからって」

それには驚いてしまう。と同時に、ずるいな、とも思う。お母さんもずるいし、ほかの皆さん、もずるい。そんなふうに言うから、大人はずるい。すべてを、子どものため、みたいにする。子どもがよければ自分たちはいい、みたいにする。

わたしは言ってしまう。

「タダだからやるの？」

「え？」

「タダだからわたしもうたうの？」

「そうじゃないけど」

「タダだから図書館に行くみたいに、タダだからうたうの？　そういうの、貧乏くさくて、すごくいや」

それを聞いても、お母さんは怒らない。何も言わない。

ただ、とても悲しそうな顔をする。うたってるときは、とても楽しそうだったのに。


古井絹枝。

おばあちゃんみたいな名前だと昔からよく言われる。わたしもそう思う。今、中学二年生。なのに昔から言われてるということは、保育園に通ってたころからもう言われてたということだ。

保育園時代のことはそんなに覚えてないが、そのことは覚えてる。おばあちゃんみたい、と最初に言ったのは、もしかしたら八汐だったかもしれない。

まず、名字がたまたま古井。そして、絹枝。

絹もいけないが、枝もいけない。

お母さんが君枝だからそうなった。どうしても、え、にしたいなら、せめて絹恵か絹絵にしてくれればよかったのに。

でもこれ、付けたのはお母さんではない。お父さんがそうしたいと言ったらしい。枝という字はすごくいいし、絹枝なら君枝と一字どころか一音ちがいだからと。きみえときぬえ。ちがうのは真ん中の一字だけ、ということだ。

何でわたしは絹枝なの？　お母さんがそう付けたの？

小学校低学年のころ、わたしがそう訊いたら、お母さんがそう答えた。お母さんがそう付けたの？　が、たぶん、ちょっと責めた感じになった。だからお母さんも正直に言わなければいけなくなったのだと思う。

で、その答。かなり意外だった。てっきりお母さんが付けたと思ってたのだ。お母さんが付けたから、自分の枝をつかったのだろうと。

それが、まさかのお父さん。わたしはまったく覚えてないお父さん、だ。

わたしが二歳のときにお母さんと離婚したらしいから、無理もない。わたしが覚えてるのは、せいぜい三歳のときのことからなのだ。

保育園でお絵かきの時間にクレヨンで絵を描いた。クレヨンは赤ばかり減るのであまり減らない灰色で郵便ポストを描いたら、保育士の先生がやけにウケた。

それが最古の記憶かもしれない。

お父さんとお母さんが離婚した原因はよく知らない。名付けの経緯は話してくれたお母さんも、そこまでは話さなかった。今も話してない。

まあ、どうでもいい。お父さんの浮気とか、そういうことだと思う。お母さんが言わないのだからそうだろう。言いたくないのだ。そんな話は、わたしも聞きたくない。

でもお父さんの名前は知ってる。中学に上がったとき、お母さんに聞いたのだ。

それはわたしが訊いたのではない。お母さんが自分から言った。わたしが中学生になったら言おうと思ってたのだそうだ。

正直、ちょっといやだった。ここまで言わなかったのなら言わないままでいいのに、と思った。めんどくさいな、と感じてしまった。

聞いたのは、名前と歳と職業だけ。

辻林忠興（つじばやしただおき）。母より三歳上。事務機器会社の社員。

ジムキキ、というのが初めはよくわからなかった。オフィス家具みたいなもの、とお母さんは説明した。オフィスなら家具じゃないじゃん、と思った。

でもそれだけ。あとは何とも思わなかった。会ったことはないし顔も知らないのだから、思いようがなかった。会ってみたい、もなかった。やはり今もない。聞いた去年以上に、ないかもしれない。

嫌いとかそういうわけでもない。知らないのだから嫌いようもないのだ。ただただ関係ないという感じ。今さら父親とか言われても困る。

とはいえ、聞かされたからには、訊いてしまった。話の流れとして。

生きては、いるんだよね？

たぶんね。とお母さんは答えた。連絡はとってないから、たぶんとしか言えないけど。

まあ、生きてるだろう。母より三歳上なら、今でも四十代前半だから。

ついでにこうも訊いてしまった。まさに流れで。

どんな人？

普通の人。とお母さんは答えた。それ以上のことは言わなかった。

普通の人。全体の九割がそうだろう。普通の人なら離婚はしないんじゃないの？　とわたしは思った。が。夫婦の三組に一組が離婚する、なんて話をよく聞く。それなら、なかには普通の人もたくさんいるだろう、とも思った。

そんなわけで。わたし、生まれたときは辻林絹枝だった。二歳の途中から、古井絹枝。

でもわたしのなかに辻林時代はない。記憶にないのだから、ない。事実として知ってるだけ。

辻林さん、と呼ばれても反応はできない。振り向けはしない。

お父さんと離婚してから、お母さんは一人でわたしを育ててる。だから記憶上、わたしはずっとお母さんと二人暮らしだ。杉並区の都営住宅、2DKでの二人暮らし。

最寄駅は、西武新宿線の井荻。すぐ前にロータリーがあったりするわけでもない、おとなしい駅だ。上井草と下井草に挟まれてる。その二つ同様、急行も準急も停まらない。停まるのは各駅停車のみ。それでも西武新宿まで二十分で行けるから、便利は便利。

といっても、中学生のわたしが新宿に行くことはほとんどない。映画を観たり特別な買物をしたりするときに行くぐらい。映画と買物。どちらもお母さんと一緒だ。

今度二人で行こう、と八汐と話してるが、まだ実現はしてない。西武新宿と新宿はちがう。西武新宿駅を出たらそこはいきなり歌舞伎町。ちょっとこわくもあるのだ。

お母さんは、近くのコンビニで働いてる。パートではない。フルタイムのアルバイト。一日働いてる。

離婚してから、会社の正社員になろうとしたこともあったらしい。が、わたしがまだ小さかったこともあって、あきらめた。いわゆるシングルマザーで、高卒。いい口はなかったそうだ。だったらと、通勤などの無駄な時間を省くべく、近所のコンビニで働くことにした。一時期は米子さんみたいに仕事をかけもちしたこともある。でもやはり無駄が多いとのことで、やめにした。

お店は二度替わってるが、今のとこはもう長い。店長さんがとてもいい人で働きやすいのだとお母さんは言ってる。いろいろとよくしてくれるから、誰かが急に休んで代わりを頼まれたときは出ていくのだと。

お母さん自身が急に休むことはまずない。休んだのは、インフルエンザと診断されたときの一度だけだ。ほかの体調不良なら、お母さんは、たぶん、仕事に出る。人にうつすような心配がないものなら。

今お母さんがいる店は、わたしが通う中学の学区内にある。だから生徒やその親がお客さんとして行くこともよくある。よくというか、もう、当たり前にある。コンビニだから、どうしてもそうなる。

こないだも学校で、同じクラスの細沼昇陽（ほそぬましようよう）に言われた。

古井の母ちゃん、いつ行ってもいるよな。

だからどうというわけではなかった。悪口のつもりでもなかったはず。昇陽は合唱をバカにしそうなバカ男子だが、どちらかといえば善良なバカ男子なのだ。合唱をバカにしつつも、うたがうまい子のことはちゃんとほめる、というような。

ただ。それでもやはり、いやだった。昇陽がアイスを買い、お母さんがありがとうございましたと言う。その瞬間があり得ると考えるだけで、何か、いやだった。

古井のお母さんですか？　と昇陽が言うことはないだろうし、絹枝と同じクラスなの？　とお母さんが言うこともないだろうが。だとしても。

そのいやさは何なのか、と自分でも思う。結局はわたし自身がお母さんを低く見てるような気がして、余計いやになる。余計いやになったことで、またいやになる。悪循環。

荻窪駅まではバスで行く。西武新宿線と同じ西武がやってる西武バスだ。

時間は十五分かからないぐらい。そこはかつて米子さんが自転車で走ってたルートだ。

もちろん、中学生のわたしたちがパチンコ屋さんに行くわけではない。荻窪から電車に乗るのだ。

わたしたち。わたしと八汐。まだ二人で新宿には行けないが、今日はほかのところへ行く。新宿の予行練習だね、と八汐は言ってる。

まずは、わたしが江本豪馬先輩に高校の文化祭に誘われた。どこかの高校の文化祭を一緒に観に行こうよ、と誘われたのではなくて。江本先輩が通う高校の文化祭を観に来なよ、と誘われた。そこでライヴをやるから来なよ、と言われたわけだ。

ライヴ。バンドだ。音楽。江本先輩は軽音楽部員なのだ。

高校だと、学校によっては、吹奏楽部や合唱部のほかにその軽音学部もある。くだけた音楽をやりたい人たち、バンドをやりたい人たち、が入るのだ。

江本先輩はわたしより二歳上。米子さん同様、わたしと同じ棟に住んでる。階はちがう。江本先輩は三階。でもつかう階段は同じ。

江本先輩も、お母さんと二人暮らしだ。わたしと同じでお母さんが離婚したのだと思うが、細かなことは知らない。わたしがよく話すようになった小学生のときにはもう江本くんだった。つまり、名字は江本だった。やはり早い段階での離婚だったのかもしれない。

そんな子同士ならその手の話も普通にする。なんてことはない。むしろ、しない。するほうが少数派だろう。お互いに避けるとかそういうことでもなく、ただしない。わたしたちにとってはその状態が当たり前だから。

江本先輩のお母さんは、わたしのお母さんとちがい、会社で働いてる。四駅先の野方にある小さな会社。そこで事務をやってる。と、これは江本先輩が自分で言ってた。事務機器、の事務だ。機器が付かなければわかりやすい。

わたしも、江本先輩のお母さんの顔は知ってる。会えばあいさつする。でもそんなには会わない。会っても、立ち止まって話したりはしない。こんにちはを言い合ってすれちがうだけ。米子さんほどの近さはない。

江本先輩は二歳上なので、中学では一年しか重なってないが、小学校では四年重なってた。同じ棟に住んでれば、登下校の時間が同じになることもある。そんなとき、江本先輩はいつもわたしに声をかけてくれた。一緒に行こう、とか、一緒に帰ろう、とか言ってくれた。そういうのを、ごく自然にやれる人なのだ。

で、ライヴ。

中学ではバスケットボール部に入ってた江本先輩は、高校で軽音楽部に入った。部員だから、一年生でも文化祭のライヴに出られるらしい。それでわたしに声をかけてくれたのだ。

といっても、わざわざそうしてくれたわけではなくて。つまり、家を訪ねてきて誘ってくれたわけではなくて。やはり帰りが一緒になり、階段のところで会ったときに誘ってくれた。

わたしは図書館からの帰りで、江本先輩は学校からの帰りだった。

わたしを見て、おぅ、久しぶり、と江本先輩は言った。

実際、久しぶりだった。同じ棟に住んでるといっても、学校がちがえば頻繁に顔を合わせたりはしない。だから三ヵ月ぶりとか、そんなだったはずだ。

軽音学部って楽しいですか？　みたいなことをわたしは訊いた。江本先輩はこう答えた。楽しいね。運動部より楽だし。こんな楽な部活があるんだ、と思ったよ。バンドは同学年のやつと組むから、先輩たちとそんなに絡むわけでもないし。といって、別にいやな先輩もいないけど。

そしてそのあとに、この話が出たのだ。

あ、そうだ。文化祭でライヴをやるからさ、絹枝ちゃん、来られるようなら来なよ。

来てよ、ではなく、来なよ。しかも、来られるようなら。このあたりが江本先輩だ。何というか、やわらかい。

じゃあ、行きます、とすぐに言いはしなかった。本気の話ではないのかも、と思ったのだ。江本先輩は高校生で、わたしは中学生。江本先輩から見ればわたしはガキんちょだ。本気で来てほしいとは思わないだろう。

だから。行けるようなら行きます、と言った。言ってから、もったいぶった感じになってしまった、とすぐに後悔した。

でも江本先輩は、たぶん、そんなふうにはとらなかった。うん、来られるようなら言って、と言ってくれた。

行きたいな、と本気で思った。でも。行きたいとは言えないだろうな、とも思った。またこんなふうにばったり会えればいいが、そうでなければ、自分から江本先輩を訪ねて、行きます、と言わなければいけないのだ。何者でもない帰宅部ガキんちょ中学生のわたしが。

そうは言ってもかなりうれしかったので、そのことをつい八汐に言ってしまった。

八汐は中学のバスケットボール部員。江本先輩の直接の後輩。そのうえ、江本先輩がわたしと同じ棟に住んでることも知ってる。だから言いやすかったのだ。

「江本先輩がライヴに誘ってくれたよ」

「何の？」

「文化祭の」

「文化祭って、高校の？」

「そう」

「江本先輩の高校の？」

「うん」

「ほんとに？」

「ほんとに」

「行くの？」

「行かないかも」

「何でよ」

「何でってことはないけど」

そこで八汐は予想外なことを言った。

「行こ行こ。わたしも行く。キヌ、行きますって言って。八汐と二人で行きますって。わたし、江本先輩のライヴ観たい！　文化祭、行きたい！」

ということで、今こうなってる。荻窪駅で西武バスを降り、そこから東京メトロ丸ノ内線に乗ってる。

八汐とは、中学の前、小学校から一緒だった。八汐は幼稚園でわたしは保育園、とそこはちがったが、小学校からはずっと一緒だ。家も近い。

といっても、八汐は都営住宅に住んでるわけではない。近くのマンションに住んでる。歩いて三分で行ける。実際、よく遊びに行く。お泊まりをしたこともある。

小学校では、一、二年生、五、六年生、と計四年間同じクラス。中学では、去年はちがったが、今年また同じになった。来年もそうなりたいね、と二人で話してる。

中学に上がるとき、一緒にバスケ部に入ろうよ、と八汐は言ってくれた。

わたしは迷いに迷って、断った。

迷ったのは、そう言ってくれたのが八汐だから。即答で断ってもよかったのだ。わたし、運動は得意ではないので。

まったくダメ、とまではいかないが、まあ、ダメ、くらいではある。走るのが極端に遅かったりするわけではない。ただ、球技なんかは、たぶん、ダメ。

八汐は、わたしよりは得意。でも、運動神経抜群、とまではいかないから、それでバスケットボールを始めたのはすごいと思う。

実際、楽しくやってるらしい。二年生になった今は、先輩とも後輩とも仲よくやれてるらしい。そこに関しては、ちょっとうらやましい。

でもわたしはレギュラーになれないけどね。と八汐は言ってる。三年生は夏まででで引退したが、それでも無理らしい。

バスケは五人しか試合に出られないんだもんね。と言ったら、八汐はこう言った。十人出られるとしても無理。一年生でわたしよりうまい子がもう三人いるもん。それでわたし、二年生では八番手だし。

一方、わたしは帰宅部だ。部活はやってない。

去年、中学に上がったとき。何でもいいから部に入りましょう、と担任の四条峰美（よじょうみねみ）先生が言った。何でもいいからって、何？　と思った。やりたくないことをやる部に入る生徒はいないでしょ、と。

八汐に誘われたバスケットボール部以外でもあれこれ検討してみた。が、やりたいことをやる部はなかったため、どこにも入らなかった。まず、やりたいこと自体がなかったのだ。

図書館に通うくらいなので、読書は好き。でも、じゃあ、文芸部があれば入ったかと言うと、入ってはいなかったはずだ。読書は一人でできるから。

部のことは、お母さんもわたしに言った。入りなさいよ、ではなく、入ったほうがいいんじゃない？　と。友だちができなくなるとか、そんなことを心配したのだと思う。

でもわたしには八汐がいるからそれでよかった。ほかにも何人か友だちはできた。帰宅部の子自体、結構いるのだ。だからのけ者にされたりもしてない。問題はない。

それでも、お母さんは度々言ってきた。二年生になるときも言った。今年からでも部に入ったらどう？

そんなの無理に決まってる。二年生から入ってなじめるわけがないのだ。そうしたところでいいことは何もない。お母さんだって、そのくらいはわかってるはずだ。

で、わたしもわかってる。お母さんはやはりわたしのことを心配したのだ。毎日を楽しめてないんじゃないかと、そんなふうに思ったのだ。

だから合唱団コーロ・チェーロに入れようとした。ああやって、練習を見学させた。何故(なぜ)？お母さんにできるのはそのくらいだから。わかってはいるのだ。わたしだって。

あれから何日か経つが、動きはない。お母さんは合唱を勧めてこない。コーロ・チェーロの話もしない。

でもどうせやることになるんだろうな、とわたしは思ってる。

これでわたしがやらなかったら、お母さんの立場がない。わたしの立場だって、ない。米子さんたちを拒絶(きょぜつ)したみたいになってしまう。練習を見学したうえで、やらない、とはっきり言ったことになってしまう。

そんなとき、江本先輩に誘われたのだ。コーロ・チェーロの練習を見学した日のまさに次の日。で、八汐のおかげでこんなことになった。

行こ行こ、と八汐が言ってくれてよかった。あれでわたしも江本先輩に言いやすくなった。八汐が行きたいと言うから行きます。と、そんな感じにできたのだ。

そのことを話したら、あ、いいわね、行ってきなさいよ、とお母さんも言った。江本くんのバンドか。お母さんも観たいな。

でもその日もお母さんは仕事。観には行けない。まあ、行けたとしても、行かない。そこまで出しゃばりなお母さんではない。

交通費とおやつ代ということで、お母さんは臨時のおこづかいも少しくれた。

コーロ・チェーロの練習を見に行くときはいやいや感丸出しだったのに、こっちはうきうき感丸出しで、何か悪いな、とちょっと思った。お金は喜んでもらったけど。

八汐と二人、荻窪駅から丸ノ内線に乗ったのは、二分。次の南阿佐ケ谷（みなみあさがや）で降りた。そこからは歩く。

たぶん、荻窪からでも、歩こうと思えば歩ける。せいぜい二十分ぐらいだろう。でも道がわかりづらいので、あきらめた。おとなしく丸ノ内線に乗ることにした。

中学生にしてみれば、それでもちょっとした遠征だ。いや、ちょっとしたではない。バスだけならともかく、電車に乗ってしまえば、それはもう立派な遠征。歩いては戻れない場所に来た、という意識にはなる。緊張感も出る。

駅から高校までは、地図を頼りに進む。

その地図は、八汐のお父さんがパソコンのプリンターで印刷してくれたものだ。コースを赤ペンで示してくれてもいるからすごくわかりやすい。曲がるところにある目印なんかもちゃんと書きこんであった。牛丼屋さんとか、医院とか、駐車場とか。

途中、曲がるところでも何でもないのに、公衆電話、と書かれていて、そこに本当に公衆電話があったので、ちょっと笑った。最近はほとんど見ない電話ボックスだ。

その地図を見て歩きながら、話をする。

「江本先輩ってさ」と八汐が言う。「後輩からすごく好かれてたよ。わたしたち去年の一年生からも、二年生からも」

「キャプテンではなかったんだよね？」

「うん。でも男子のキャプテンより好かれてたんじゃないかな。女子で二コ下のわたしにまで普通に声をかけてくれてたからね。じゃあね～、とか、気をつけて帰って～、とか。ほんと、いい先輩。ベスト先輩賞をあげたいよ」

それはよくわかる。部の後輩でも何でもないわたしにまで声をかけてくれるのだから、いい先輩でないはずがない。ベスト先輩賞、もらうべきだ。

もしわたしが先輩なら。二歳下の男子には、たぶん、声をかけない。階段で会っても、目を合わせずにすれちがってしまうかもしれない。声をかけられたら何らかの反応はするだろうが、自分から声をかけはしない。かけないでねオーラも、ちょっと出してしまいそうな気がする。

「バスケはうまかったの？」と尋(たず)ねてみる。

「うまかったよ」と八汐は答える。「男子で一番てわけじゃなかったけど。でもレギュラーではあったよ。わたしにくらべれば、遥かにうまかった」

「八汐は、どうなの？」

「ん？」

「レギュラー。やっぱり難しいの？」

「難しい。というか、絶対無理。レギュラーはもう決まってるし、この先わたしがそこに食いこんでいける感じもない。可能性はゼロ」

「そうなの？」

「そう。相変わらず十一番手だから。そんなにうまくない一年生よりはちょっとうまいっていうくらい」

「一年生でもうまい子、いるんだ？」

「いるいる。小学生のときからやってた子もいるしね。そんな子には敵わないよ。もう、やりたい放題やられる。中学から始めた子でも、わたしより上達が早かったりするしね。やっぱり、運動神経がいい子はうまくなるのも早いよ」

「でも、やるんだ？」

「ん？」

「バスケ」

「あぁ。やるよ。バスケ自体、好きだからね。練習でも、シュートが決まるとすごくうれしいし。わたしなんて滅多に決まんないからさ、決まったときは格別。その意味では、レギュラーの子たちより喜びは大きいんじゃないかな。シュートが決まったときの喜びは」

「すごいね、八汐」

「何が?」

「わかんないけど。何かすごい」

「わかんないならすごくないじゃん」と八汐が笑う。「レギュラーじゃないんだからちっともすごくないし」

「それでも、すごいよ」

「レギュラーじゃないのにがんばれてるとこが、みたいなこと?」

「そうじゃなくて。ただただがんばれてるとこが」

「ただただがんばれてるって、それ、何かバカっぽくない?」

「ぽくないよ。ほんと、すごい」

「バスケが好きで、そのバスケがうまい子たちの試合をコートのすぐそばのベンチで見られるんだから、楽しいじゃん。カラオケだってそうだよね。人がうたうのを見てるだけで楽しいし。それと同じだよ」

八汐が先輩とも後輩ともうまくやってるのもわかる。こんな人、誰も嫌いにならない。そんな八汐がわたしと友だちでいてくれることが不思議。

八汐父地図のおかげで、結局、一度も迷わずに高校に着く。校門からなかに入る。

文化祭。さすがに活気がある。授業がおこなわれてる日のそれとは段ちがいの活気だ。ワイワイガヤガヤ感が強い。

中学だとここまでにはならないが、高校だとなるのだな、と感心する。中学より自由度が高いからそうなるのだと思う。

高校生たち。下は制服のパンツかスカートだが、上はTシャツだったりする。なかには浴衣姿の男女もいる。それで廊下を歩きまわってる。その廊下も、普段は見られない色で溢れてる。リボンだの何だのでカラフルに飾られてる。

「青春の匂い、しない？」と八汐が言い、

「する」とわたしが言う。

「高校はこうなんだね」

「うん」

「中学もこうすればいいのに。わけのわからない研究発表の展示とかしてないで。そんなの誰も見ないよ」

「見ないね」

見るのは保護者ぐらいだろう。わたしも見たことはない。わけがわからないので。おもしろくないので。

ライヴ会場は体育館ではなく音楽室、と聞いてた。

三年生のバンドは体育館のステージに立てるらしいが、一、二年生のバンドは音楽室。だとしても、充分だろう。一年生からもうライヴをやれるのはいい。運動部とちがって、レギュラーという概念がないのだ。いや、もしかしたら。ライヴに出るためのオーディションみたいなものはあるのかもしれないけど。

階段を上り、音楽室に入る。

中学のそれとあまり変わらない。コーロ・チェーロが練習してた区民センターの音楽室ともそんなには変わらない。

前方がステージ。そこにギターやベースのアンプにドラムセットが置かれてる。ドラムがあるとやはりライヴ会場に見えるのだな、と思う。

客席には、イスが三十ぐらい用意されてる。埋まってるのは半分。いや、四割。一番前の列は空いてる。逆にそこは座りづらいのだろう。後ろの壁沿いに立って見てる人もいる。

わたしたちは、一番後ろの列の隅に座る。

もうすでに演奏は始まってる。今出てるバンド、ヴォーカルは女子。有名な日本の曲をやってる。板橋のラウンドワンのカラオケで八汐もうたった曲だ。

八汐のほうがうまかったように聞こえる。でもそれは音響のせいかもしれない。でなきゃ、バックの演奏のせい。何か、弱いのだ。楽器で音を出してるだけ。音がつながってない。音楽になってない。

その後、二バンドが演奏した。持ち時間は一バンド十五分。準備と片づけ込みなので、やれるのは二曲か三曲。せわしない。

で、意外にも、メンバーの女子率が高い。男子ばかりなのだろうと思ってたが、そんなこともないのだ。

そこまで観た三バンドは、ほぼ半数が女子。ヴォーカル、ギター、ベース、キーボード。まんべんなくいる。ドラムはいなかったが、それだって、たまたまかもしれない。

確かに、こんな部があれば女子も入るだろう。むしろ女子向きかもしれない。女子だから、音楽系なら吹奏楽部か合唱部。そんな決まりはないのだ。

そして江本先輩たちの出番になる。

バンドは四人。ヴォーカルとギターとベースとドラム。ギターとベースが女子。江本先輩はヴォーカルだ。ギターを持ったりもしない。ヴォーカルのみ。

それはすでに聞いてた。誘われたときに、自分から訊いたのだ。江本先輩は何やるんですか？と。

ヴォーカル。と江本先輩は言った。

えっ、すごい。とわたしは返した。

いや、すごくないすごくない。ほら、ヴォーカルなら楽器がいらなくてお金がかからないからそうしたんだよ。ギターもベースも高いからさ、とても買えないなと思って。

そんなことを言って、江本先輩は笑った。

わたしは、笑えなかった。笑って見せただけ。

お金がかからないからヴォーカル。苦い感じがした。タダだからうた。まさにわたしと同じ。

わたしや江本先輩は、やはりそうなのだ。いや、もちろん、わたしたちと同じ境遇でギターやベースを買う人もいるだろうが。まずはそんな発想になってしまうのだ。ほぼ無意識に。

「どうも。エモちんです。じゃ、始めます」

江本先輩がそう言って、演奏が始まる。

エモちん。江本先輩のあだ名がそのままバンド名になってるらしい。

江本先輩がヴォーカルだから、エモちん。まちがいなく、ギターとベースの女子二人が付けたはず。江本先輩が自分からエモちんにしようと言うことはない。そういう人ではないのだ。だから好かれる。わたしにも、八汐にも。エモちんのメンバーにも。

エモちんがやったのは、日本のバンドの曲。バンド名は知ってたが、曲名までは知らなかった。思ってたよりはハード。ロックっぽい。

バンドの演奏は、それまでで一番うまかった。音がブレないというか、芯があるというか、しっかりしてた。

ギターやベース。女子でもうまい人はうまいんだな、と思う。ピアノならうまい女子をたくさん見てきたが、ギターやベースでは初めてだ。

で、江本先輩のヴォーカル。

下手だな。とつい思ってしまった。いや、そうじゃない。あんまりうまくない、だ。とあわてて思い直す。

声と曲のキーが合ってないのか、高い音を無理に出そうとするからきつくなってしまう。音に声が届かない。結果、音を外してしまう。うたう側のきつさが、わたしたち聞く側にも伝わってしまう。わたしたちまでもが、苦しいな、と思ってしまう。コーロ・チェーロの練習のときに宮前先生が言っていたあれ。苦しさが伝わるから聞いてて楽しくなくなっちゃう。まさにその感じだ。

それでも、いつの間にかお客さんは増えてる。満席とはいかないが、八割ぐらい埋まってる。最前列にも何人かが座ってる。そのうちの一人の男子は、リズムに合わせて右手を振り上げてる。といっても、まあ、その人はサクラっぽい。バンドのメンバーの友だちなのだろう。

それを見て、うたってる江本先輩自身が笑ってる。そのせいで、声が震えたりもしちゃってる。それを見て、お客さんたちも自然と笑う。いいライヴといえばいいライヴだ。楽しいことは楽しい。そう感じさせるのは江本先輩の力だと思う。

エモちんの出番は、やはりきっちり十五分で終わる。やったのは三曲。

「ありがとうございました。でも短(みじか)っ！」

江本先輩がそう言い、お客さんたちが笑う。笑いながら拍手(はくしゅ)をする。八汐もするし、わたしもする。

最前列のサクラ男子が声を上げる。

「エモちん、最高～！」

「いや、もういいよ」と江本先輩が言い、お客さんたちがなお笑う。

素早く片づけを終えたエモちんの四人は隣の部屋に引っこむ。たぶん、音楽準備室だ。

まだほかのバンドの演奏はあるので、もう少し観ていこうかなと思う。

でもすぐに江本先輩がわたしたちのところへやってくる。

「来てくれたんだね。ありがとう」

「先輩」と八汐がイスから立ち上がって言う。「お久しぶりです」

そのあまり中学生らしくない言葉に江本先輩は笑い、こう返す。

「久しぶり。絹枝ちゃんもありがとね」

「あ、はい」とわたし。

立ち上がるべきなのか座ったままでいるべきなのか、迷う。そのため、腰を少し浮かせた変な体勢になってしまう。

「すごくよかったです」と八汐が言い、

「うそばっかり」と江本先輩が笑う。

「うそじゃないですよ」

「だって、おれ、ひどかったじゃない」

「そんなことないですよ」

「ほかのメンバーはうまかったけど」

「先輩もうまかったです」

「まあ、そう言ってくれるならうれしいよ。ここまでの道、すぐわかった？」

「わかりました。お父さんが地図を描いてくれたんで」

「そっか。南阿佐ケ谷から？」

「はい」

「悪いね。こんなとこまで来てもらって」

「いえ、全然。来たかったですし、来てよかったです」

「もうほかのとこは見た？」

「いえ」

「じゃあ、案内するよ」

「ほんとですか？」

「うん。カフェみたいなのをやってるクラスもあるから、そこでジュース飲も」

「はい」

「絹枝ちゃんも、いいよね？　それとも、もっと聞く？」

「いえ、だいじょうぶです」

「よし。じゃ、行こう」

「江本先輩は、だいじょうぶなんですか？」と尋ねる。

「うん。出番は終わったし。最後の片づけのときにいればだいじょうぶ」

ということで、江本先輩の案内で、各階をまわった。

お化け屋敷だの脱出ゲームだの迷路だの、出しものはたくさんあった。

が、終了まではもうそんなに時間がないので、すぐに模擬店のカフェに入ることにした。江本先輩のとこではないが、一年生のクラスがやってるカフェだ。

　そこに入る直前。

「うぉっ！　豪馬、女連れ。ヒュ～ヒュ～！」

　一人の男子がすれちがいざまそう言って、廊下を走り去っていった。ゾンビのメイクをした人だ。お化け屋敷をやったクラスの人、なのかもしれない。バカ男子っぽい人はちゃんと高校にもいるのだな、と思い、ちょっと笑った。

　そしてカフェに入り、四人掛けの席に着いた。八汐とわたしが並んで座り、八汐の前に江本先輩が座る。要するに給食のときみたいなものだが、まあ、テーブルクロスがあるだけで雰囲気は少し変わる。教室感は少しだけ減る。

　飲みもののメニューは、コーラとジンジャーエールとカルピスと緑茶。カフェなのにアイスコーヒーはない。カルピスにちょっと手がかかるぐらいで、それ以外は紙コップに注ぐだけだ。

　江本先輩はコーラ、八汐はカルピス、わたしはジンジャーエールにした。あとはポップコーンももらった。お金代わりのチケットは、江本先輩が出してくれた。払います、と八汐もわたしも言ったのだが、江本先輩はお金を受けとろうとしなかった。

「いいよいいよ。残ったチケットをつかいきんなきゃいけないし。ついでにちょっとカッコもつけさせてよ」

　こうしてわたしたちに付き合ってくれるだけで、カッコは充分ついてた。本当にカッコいい人は、わざわざカッコをつけなくてもいいのだ。

　エプロンを着けた女子が、コーラとカルピスとジンジャーエールとポップコーンを運んできてくれた。八汐を見て、江本先輩に言う。

「何、カノジョ？」

「そう」

「ほんとに？」

「ひ〜っ！」と八汐が声を上げる。両手を頬(ほお)に当てて。

　八汐はこういうとこがかわいい。女のわたしが見てもかわいい。こういうのを、八汐はごく自然にやれるのだ。つくってない。本気で、ひ〜っ！　となる。

「って、冗談」と江本先輩。「中学の後輩。バスケ部の」

「へぇ。すごい。中学の後輩が来てくれるんだ？」

「うん。来てくれた」

「さすがエモちん。じゃ、ごゆっくり」と言い、女子は去っていく。

「同じ軽音の子」と江本先輩が説明する。「ドラム、ムチャクチャうまいよ」

「そうなんですね」とわたし。

　やはりいたのだ、ドラム女子も。

　微妙に生ぬるいジンジャーエールを飲み、ポップコーンを食べる。

　八汐は、ひ〜っ！　の名残(なごり)でまだ左手を左頬に当てながらカルピスを飲み、ポップコーンを食べる。

コーラを一口飲んで、江本先輩が八汐に言う。

「バスケは、どう？」

「あ、えーと、何も変わってないです。わたしはレギュラーじゃないです」

「試合には？」

「出てないです」

「三年生は引退したよね？」

「はい。でも出てないです」

「そうか。船山さんはがんばってたのにな」

船山さん。江本先輩は八汐をそう呼ぶ。

わたしを絹枝ちゃんと呼ぶのは、単に同じ棟の子で、小学生のときから知ってるからだ。

部の後輩である八汐は、八汐ちゃん、にはならない。でも江本先輩は、船山、と呼び捨てにもしない。先輩だから別にいいと思うのだが、しない。さすがに後輩男子のことは、そうしてたようだけど。

「先輩は、バスケやめちゃったんですね」

「うん。そんなにうまくなかったしね」

「うまかったじゃないですか。レギュラーだったし」

「うまくはなかったよ。レギュラーには、ぎりぎりなれただけ。おれの代の男子は女子より少なかったしね。高校でやれる力はなかった。もしここでバスケ部に入ってたら、全然ダメだったと思うよ。うまいのが結構いるから」

「高校は多いですもんね、人数も」

「うん。いろんなとこから来るからね」

「バンドは、前からやろうと思ってたんですか？」

「そうだね。去年、部を引退したあとに、バスケはここまでかなと思って。何かほかのことをやりたいなとも思って。で、ここの入試を受けることにしたときに軽音楽部があるのを知って。それで決めた。そこはすんなりだったかな」

「ギターとかじゃなくて、ヴォーカルなんですね」

「うん」

江本先輩が言うのはそれだけ。相手が八汐だからか、わたしにはしてくれた、ヴォーカルはお金がかからないから、という話はしない。

「軽音楽部にしてよかったですか？」と八汐が尋ねる。

「よかったね。楽しいし」と江本先輩が答える。「まあ、バスケも楽しかったけどさ。こっちは、何か、自分でやれてる感じがするよ。うまくなったら、オリジナル曲とかもやってみたい」

「先輩のオリジナル曲、聞いてみたいです。できたらまた呼んでください。というか、できなくても呼んでください。わたし、来年も来ます。ね？　キヌ」

「うん」

「あぁ。わたしもピアノ習っとけばよかったなぁ。そしたらキーボードとかやれたのに」

「今からでも遅くないよ」と江本先輩。「キーボードに限らない。ギターだってベースだって、高校から始めるやつはたくさんいるし。それでうまくなったやつもたくさんいるよ」

「ギターって、難しいんですかね」

「難しいことは難しいだろうけど、ちゃんとやればうまくなるよ。見てると、ほんとに好きなやつはうまくなるもんね。うまくなるのが速いよ。昨日は弾けなかったのに今日はもう弾けるとか、そういうの、普通にある」

「へぇ」

「好きなやつってさ、練習しなきゃいけないから弾くんじゃなくて、好きだから弾くもんね。好きっていうのは、やっぱデカいよ」

「デカい、ですね」

「だからさ、船山さんも好きなことをやればいいよ。バスケが好きならバスケをやればいいし、ギターをやりたいならギターをやればいい。ギターなら、高校に入るのを待つ必要なんてないわけだし。手もとにないとちょっときついけど、もし用意できるなら、すぐにでも始められるよね。自分でやればいいんだから」

「まあ、そう、ですね」

八汐のお父さんとお母さんなら、ギターを買ってくれるかもしれない。八汐が本気でやりたいと言えば。これから中学卒業までラウンドワンには行かなくていいからギター買って、なんて言えば。

「おれがこんなことを言っちゃいけないんだけどさ。三年の夏に引退するまでバスケを続けなきゃとか、そんなふうには考えなくていいんだと思うよ。誤解はしないんでほしいんだけど、やめろってことではないよ。レギュラーになれないならやめたほうがいいとか、そういうことではまったくないからね。船山さん自身がバスケが好きだからやりたいなら、やればいい。レギュラーになれるなれないは関係なく、高校に行ってからもやればいい。でも。始めたからには最後までやらなきゃとか、そう考える必要はないよ」

「あぁ」と言って、八汐はカルピスを飲む。左手はまだ左頬に当てて。

「って、これ、何度も言うけど、ほんとに部をやめろと言ってるんじゃないからね」

「はい」

「船山さんがやめたら部のみんなは悲しいだろうし」

「いえ、そんなことは」

あるのだと思う。わたしがもしバスケットボール部員なら。八汐がやめたら悲しくなるはずだ。今みたいな同級生だとしても。先輩だとしても、後輩だとしても。

「何か偉そうなこと言ってごめん。聞き流して」江本先輩はコーラを飲んで、こう続ける。「おれ、今日、コーラ三杯め。三年生のクラスと二年生のクラスとここで、三杯。三学年制覇」

江本先輩がこんなことを言うとは思わなかった。三学年制覇、のほうではなく、バスケットボール部のほうだ。

入部したからには最後までやろうよ。続けようよ。

江本先輩は、どちらかといえばそんなことを言う人かと思ってた。高校に行ってこうなったのか。それとも、もとからこうだったのか。

何にしても。八汐のことを本気で考えたからこその言葉であるように聞こえた。ちゃんと責任を持って言ったように聞こえた。夢を持てとか、前向きにいこうとか成長しようとか、そういうのとはちがった。

「絹枝ちゃんは、どう?」と江本先輩が言い、

「はい?」とわたしが言う。

「図書館とか行ってる?」

「あぁ。はい」

「ここから歩いて十分ぐらいのとこに杉並区の中央図書館があるよ。荻窪駅からは、十分かからないんじゃないかな。中央だから本は多いって話だよ」

「そうなんですね」

「うん。まあ、おれは行ったことないけど。たぶん、音楽関係の本なんかもあるんだろうから、今度行ってみようと思ってるよ」

一緒に行く? と言われたらどうしよう、と思うが。江本先輩は言ってこない。まあ、そうでしょう。

ふとこんなことを言ってみたくなる。

わたしも合唱をやらされそうなんですよ。

もし言ったら、江本先輩はどう返すだろう。絹枝ちゃんがやりたいならやればいいよ、だろうか。でなきゃ。それはちょっときついね、だろうか。

わたしはどちらを望んでるだろう。後者、なのか。

でもわたしはそんなこと言わない。今する話でもないから。

「ライヴはどうだった？」と江本先輩にここで訊かれる。

「最高でした」と答える。


ステージにお母さんがいる。緑のドレスを着たお母さんだ。わりと濃い緑。はっきりした緑。そのドレスを着たお母さんと、ステージに立つお母さん。見慣れない二つのお母さんが一気に来て、何だか不思議な気分になる。

ほかの八人と一緒に、お母さんはうたってる。九人。今日は全員がそろってる。練習とちがって、楽譜はなし。

十月。杉並区のコーラス大会だ。コーロ・チェーロの持ち時間は十分。三曲をうたう。区民センターで練習してたあの三曲。

女性は七人で、男性は二人。女性はみんな、お母さんと同じ緑のドレスを着てる。男性は、黒のサテンのシャツに同じく黒のパンツ。

九人はステージに並んで立ち、前にいる指揮者を見てる。宮前先生だ。わたしにはその後ろ姿しか見えない。

あ、本番は指揮者がいるんだ、と初めに思った。まあ、それはそうだろう。中学の合唱でも指揮者はいる。音楽の先生がやったりするが、生徒がやったりもする。

ただ、そのときはよくいるピアノ伴奏者がこちらにはいない。それは練習のときと同じ。音楽の素となるのは声だけ。宮前先生の指揮棒に合わせて発声する。これなら確かに指揮者は必要だろう。いなければ、まずスタートが切れない。みんなで、せ〜の、とやるわけにはいかない。

わたしは一人で客席にいる。さすがに八汐を誘ったりはせず、一人で来た。

江本先輩が通う高校がある南阿佐ケ谷の二つ先、東高円寺(ひがしこうえんじ)にある立派なホールだ。高校の音楽室とは広さがちがう。普通にコンサートをやれてしまいそうな感じ、有料のそれをやれてしまいそうな感じだ。もちろん、今日のこれは区の催しだから、無料。

入るときにプログラムをもらったので、コーロ・チェーロがやる三曲の名前がわかった。

一つは初めからわかってた『朧月夜』で、日本語のもう一つは『浜辺(はまべ)の歌(うた)』。残る英語のものは、『アンド・ソー・イット・ゴーズ』。ビリー・ジョエルという人の曲らしい。

コーロ・チェーロのステージは、『朧月夜』で始まり、『浜辺の歌』を経(へ)て、『アンド・ソー・イット・ゴーズ』へ。

練習のときにも感じたことだが。日本語の二つは、まあ、唱歌。唱歌然とした唱歌だ。英語のは、そんな感じでもない。ポップスというのか、タイプがちがう曲。なのに、合唱でくると違和感がまったくなくなるからおもしろい。

そしてわたしは、三曲どれも好き。

『浜辺の歌』は、わたしが知らなかっただけで、かなり有名な曲らしい。練習で何度も聞いたから、もう覚えてしまった。この本番でもまた聞いて、思う。この曲は特に好きだ。いい曲。いいうた。そうとしか言えない。

九人の声が、ステージ上で集まる。声が集まるのは、いい。人が集まって、声が集まる。いろいろな人が集まって、声が一つになって、うたになる。声だから、特別なものでも何でもない。日常。

日常でうたが生まれる。日常にうたが入りこんでくる。それは、いい。ホールに反響した声が、うたが、耳に届く。それもまたいい。ちゃんと空間を伝わって耳に届く感じが。

ステージ上の九人に光が当たる。お母さんにも当たる。お母さんは左から四番めにいる。九人のなかでは若いから目立つ。

お母さん、ちゃんとすればまだまだきれいじゃん。

と、娘だからこその失礼なことを思う。

いつもは化粧(けしょう)っ気(け)がないのだ。パフで薄～くハタハタとやって、やはり薄～く口紅を塗るだけ。コンビニの仕事だからそのくらいでいいのかもしれない。というか、そのくらいにしておくべきなのかもしれない。

ほかの八人同様、お母さんは宮前先生を見てる。見て、うたってる。ステージ上という非日常で、日常のうたをうたってる。

別に笑ってるわけではないのだが、お母さんが楽しんでるのがわかる。

そう。あの練習のとき以上に、お母さんは楽しんでる。とても。とても。

切ない『アンド・ソー・イット・ゴーズ』でステージは終わる。文化祭でのエモちんより短い十分。それであっさりコーロ・チェーロの出番は終わる。

でも最後に見せた晴れやかな笑顔で、お母さんが充分満足したことがわかる。

ホールは広く、わたしはステージから少し離れた席に座ってる。出演者の身内が多いのだろうが、お客さんはそこそこいる。みんな、拍手をする。わたしもする。お母さんに見られたいような見られたくないような、そんな気持ちで。

そのあと。お母さんは着替えだの何だのがあるはずなので、わたしは先に帰った。

ほかの人たちのうたをもう少し聞いてもよかったが、あえてそうしなかった。コーロ・チェーロの合唱の記憶を、最新のそれとして残しておきたかったのだ。

東高円寺から荻窪まで丸ノ内線に乗り、そこからは西武バス。午後四時には家に着いた。

おつかれさん会とか次の打ち合わせとかもあるのかと思ったが、お母さんは案外早く帰ってきた。わたしが帰ってからまだ一時間も経ってなかった。

どうだった？　なんてことを、お母さんはわたしに訊いてこない。訊かれたら、よかったよ、と言うつもりではいたのに。

「あぁ。楽しかったぁ」とお母さんは言う。「それでね、絹枝」

来た、と思う。やっぱり合唱をやらない？　と言われるのだ。

言われたら、どうするか。

じゃあ、いいよ。と、たぶん、わたしは言う。そこは恩着せがましく、いいよ、と言ってしまうだろう。やってあげるよ、という感じに。

ただ、逃げ道も用意してる。来年は受験だから三月までだよ。というそれだ。わたし自身が子どもの親であるかのような、言い訳。子どもにそう言われたら何も言い返せないであろう、万全の言い訳。

でもお母さんはそんなこと言ってこない。言うのは、予想もしてなかったことだ。合唱をやらない？　の数百万倍、わたしをとまどわせること。

これだ。

「お母さんね、病気になっちゃったみたい」

うたう　鳥などがさえずる　伊勢航治郎（いせこうじろう）　G

「わたし、ヒモを飼うつもりはないからね」と芽留（める）が言い、

「あ？」とおれが言う。

「あんたを養うつもりはないからね」

「そんなこと言ってないだろ」

「言ってるようなもんでしょ」

「いや、だから一緒に住もうと言ってるだけで」

「それはそういうことじゃない」

「いや、ちがうだろ。同棲（どうせい）しようと言ってんだよ。喜べよ」

「何で喜ぶのよ」

「普通、うれしいだろ。カレシにそう言われたら」

「それが普通の同棲ならね。今のこれはちがうよ」

「ちがわないだろ。同棲は同棲だろ」

「とにかく、あんたをここに住ませはしない。住ませる気はない」

「いや、けど」

「けど何よ」

「二人入居可、なんだろ？」

「ただ可ってだけ。別に二人で住むことを奨励されてるわけじゃないよ」

「部屋は八畳だし。フロトイレは別だし。住めるよな？」

「だから。ただ住めるだけ。住んでもいいですよって、大家さんが許可してくれてるだけ」

「許可してくれてんなら、いいだろ」

「ダメ。住人のわたしが許可しない」

「何でだよ」

「ここはわたしの家なの。わたしが借りてる家なの」

「けど二人なら、割もいいだろ」

「あんたがちゃんと家賃を払うならね」

「払わないなんて言ってないだろ」

「じゃ、払うって言える」

「言え、るよ」

「何、詰まってんのよ」

「一緒に住んだら今のアパートの家賃はなくなるんだから、払うよ。ここの分を二人で割れば、それより安くなるんだし」

「と言ってるのは今だけ」

「そんなことねえよ」

「払っても一ヵ月か二ヵ月。どうせ払わなくなるよ。今月ちょっときついから貸しにしといて、とか言って。それからはもう、今月も、今月も、今月も。貸し、貸し、貸し。結局、わたしが一人で払いつづける。で、あんたはそれでいいと思っちゃう。そもそもわたしが借りてる部屋だから。と今わたしが言ったことを、そんなふうに都合よく解釈する。わたしが借りてる部屋だからわたしが家賃を払うのは当たり前だって。おれはただそこに一緒にいるだけだって」

「勝手に想像すんなよ。そこまで想像すんなよ」

「想像できちゃうのよ。これまでがこれまでだから。ねぇ、わたしがあんたにいくら貸してると思う？」

「えーと、五万」

「十万だよ。何、少なく言ってんのよ。ほかにご飯だっておごってるからね。何回もおごってるからね」

「おごりは貸しとはちがうだろ」

「出た。おごられる側の理屈。あとはギターの弦（げん）だって買ってあげてるからね」

「あれは」

「何よ」

「お前の好意だろ」

「は？　今手持ちがないから出しといてって、あんたが言ったんでしょ」

「けど、そのあとのライヴには、タダで入れてやったろ？」

「というか。何でいつもカノジョからお金とってんのよ。あのときだって、来いよって言うから行っただけでしょ」

「ギターの弦よりはライヴのチケット代のほうが高ぇよ」

「うわぁ。何、忘れちゃってんのよ。それとも、忘れたふり？　あのとき、あんた、弦を五セット買ってんの。お金を出さなくていいとわかったら、三セット追加したんだからね」

「覚えてんなよ、そんなこと」

「忘れられないのよ。こすいなぁ、と思ったから」

「こすいって言うなよ」

「そうとしか言えないでしょ」

「じゃあ、まあ、こすいはこすいでいいよ。それはいいからさ、とにかく、一緒に住もうぜ」

「いや」

「家賃の半分はちゃんと払うから」

「最初の一ヵ月分か二ヵ月分はちゃんと払うからって、ちゃんとそう言いなよ。初めからそのつもりで言ってきたわけでしょ？　一緒に住めば家賃がかからないから楽だと思って、言ってきたわけでしょ？」

「だからちがうって」

「だからちがわないって。わかるって。あんたはそうなんだって。バイトばっかりできつくなってきたから家賃は浮かそうと思ったんでしょ？」

「そうじゃねえよ」

そうじゃなくない。図星だ。芽留の言うとおり。最初の一ヵ月か二ヵ月だけ払って、あとは貸しにしてもらう。見事にそのつもりでいた。

だから方針を変える。

「いや、ここはさ、便利じゃん。ムチャクチャ便利じゃん。吉祥寺にも行けるし、渋谷にも行ける。途中には下北もある。バンドマンが住むには絶好の場所なんだよ」

「じゃあ、自分でアパートを借りなよ」

「いや、カノジョが住んでんだから、そこはいいだろ」

「何がいいのよ」

「住ませてもらっても、いいだろ」

「ほら。住ませてもらってもって、言っちゃってんじゃない。家賃払う気、ないじゃない」

「いや、それはあれだよ。言葉の綾だよ」

「ただの同棲押しじゃ無理っぽいっていうんで、今、方針を変えたよね？　場所が便利だから住むみたいな感じでいこうと、思ったよね？」

読まれてる。方針を変えた。おれ自身がつかったその言葉までつかわれてる。芽留。甘くない。

「いや、別にそういうことじゃねえよ。けど、便利なことは事実だろ？　だからおれも、この辺りに住み替えたいなぁ、と前から思ってたんだよ」

「じゃあ、住み替えなさいよ。自分一人の力で」

「いや、だから」

「何、そこでカノジョを当てにしてんのよ」

ここは京王井の頭線の浜田山。吉祥寺まで十分で行ける。渋谷までも二十分で行ける。永福町で急行に乗り換えれば十五分だ。途中の下北沢までなら、各駅停車でも十分強。吉祥寺にも渋谷にも下北沢にも、ライヴハウスは複数ある。マジで便利。バンドマン、大喜び。

「確かに吉祥寺も渋谷も下北も近いけど」と芽留が言う。「もうライヴなんてやってないじゃない。一年はやってないじゃない」

「いや、それは」

「何よ」

「バンドをやめたんだからしかたないだろ」

「じゃ、早く次を組みなさいよ」

「そう簡単にはいかないだろ。前はそれで急いで失敗したんだし」

失敗した。自分のバンドが解散したあと、次を組もうとした。でもコロナもあって、なかなかうまくいかなかった。

いいやつも見つからなかった。口だけのやつ。謙遜かと思いきや言葉どおりに下手なやつ。演奏はうまいが人まねばかりで絶望的に独創性がないやつ。おれの前に現れるのはそんなのばかりだった。

だったらこっちのほうが早いかと思い、ギタリストを募集してたバンドに入ることにした。で、実際、入ったのだが。外した。そのバンドのメンバーは、皆、それなりにうまく、人まねでもなく、ある程度は独創性もあった。ちゃんとオリジナル曲もやってた。が、そのオリジナル曲がクソだった。形は整えてるのにクソなのだ。あぁ、世の中にはきれいなクソもあるのだなと、その意味で感心した。独創性と創造性はちがうのだと、初めて知った。ごまかしが利くのが独創性で、利かないのが創造性だ。

伊勢くんはうまいから入ってくれてよかったよ、と言われたが、おれは三ヵ月でそのバンドをやめた。理由にはよくあるこれを挙げた。音楽性の不一致。やってみたら、やっぱ何かちがうなと思って。と説明したが。一言で言えば、クソだから、だ。

というわけで、今はまた一人。ふりだしに戻ってる。

対して。芽留は今、吉祥寺の古着屋で働いてる。それはバイトだが、ほかにフリーでウェブデザインの仕事もしてる。依頼はそこそこあるみたいだから、結構稼いでるはずだ。少なくとも、おれよりは稼いでる。二倍、いや、三倍かもしれない。

芽留は下北沢が好きなので、よく遊びに行く。だから吉祥寺とのちょうど中間地点であるここ浜田山に住んだ。なら古着屋のバイトも下北沢でやればよさそうなものだが、吉祥寺の店のオーナーと懇意（こんい）なのでそれはそちらでやってる。そのオーナーがウェブデザインの仕事をあちこちからもらい受けてきてくれることもあるのだ。

アパートは1DK。ダイニングキッチンは四畳半だが、言ったように部屋が八畳なので、狭くはない。二人、住める。大家さんも、許可せざるを得ない。家賃は八万。おれから見れば高いが、芽留から見れば安いだろう。

藤中(ふじなか)芽留。実はいい家の娘なのだ。実家は港区(みなとく)の高輪(たかなわ)にある。父親は大手損保会社の専務らしい。まちがいなく、金持ちだ。幼稚園から小中高大、全部私立。兄妹ともにそう。車はベンツとトヨタのスープラ。父親がベンツで兄がスープラだ。ベンツは母親も乗るという。

でも芽留は乗らない。運転免許を持ってるだけ。東京で車はいらないと言ってる。おれもそう思うが、正直、芽留が車を持ってたらギターをスタジオやライヴハウスに運んでもらえて楽なのにな、とも思ってる。

車とか買えば？　と実際に言ってみたこともある。いらない、と即答された。そこまでは言ってないのに、ギターを運ばされるなんていやだよ、と言われた。何であんたのギターを運ぶためにわたしが車買わなきゃいけないのよ。

芽留は鋭(するど)いから困る。その鋭さを発揮して、今も言う。

「あのさ」

「うん」

「あんたはわたしの実家がお金持ちだと思ってるのかもしれないけど。で、それが的外れだとは言わないけど」

「何？」

「わたし、実家からお金なんて一円ももらってないからね。援助なんて、少しもしてもらってないからね」

「それは、わかってるよ」

わかってる。見てればわかる。芽留は、そうなのだ。実家に頼ったりはしない。親と不仲だとかそんなことではないらしい。単純に、頼らない。特にやりたいことがあったわけでもないが、自分が好きなようにやるために実家を出た。見事に一人でやってる。おれは芽留のそんなとこに惹かれたとも言えるのだ。

で、今はちょっと後悔してる。このタイミングで話すべきではなかった。もうちょっと寛(くつろ)いでるとき、例えば二人で酒を飲んでるときに話せばよかった。

ということで、おれは言う。

「今日も泊まってくわ」

「ダメ。明日バイトなんでしょ？」

「バイトだけど。ここからも行けるよ。おれのアパートから行くのと大して変わんねえし」

「でもダメ。下手すると、あんた、明日になったらバイト休むとか言いだすし」

言いそうだな、と思いつつ、おれは言う。

「言わねえよ」

「二泊はなし。それじゃほんとに同棲になっちゃう」

「いや、だからその同棲を」

「もういいよ。何度も同じこと言わせないで」

「何だよ。冷てえな」

「わたしが冷たいんじゃない。あんたが甘いんだよ。わたしが甘やかし過ぎた。もっと早くにもっと冷たくしておくべきだったのかも」

「親か。お前」

「わたしは親じゃないけど。あんたは子どもみたいなもんだよね」

「うるせえよ」

「じゃあ、明日バイトがんばって」

「言われなくてもがんばるっつうの。いつもがんばってるっつうの」

座ってたクッションからしかたなく立ち上がり、おれは玄関へと向かう。

「ちょっと」

「ん？」

「ギター置いてかないでよ」

「持って帰んのはかったるい。置いといてくれよ。次来たときに持ってくから」

「何それ。本気で言ってんの？」

「ああ。二、三日だよ」

「あのさ、ギタリストが人の家にギター置いとくって、何？」

「しかたないだろ。明日明後日（あさって）はバイトだし」

「バイトだって、家に帰ったら弾けるでしょうよ。弾かなきゃダメでしょうよ」

「バイトが続くと、疲れんだよ」

「疲れるからギター弾かないわけ？」

「まあ、そうだな」

「弾きたくならないわけ？」

「ならなくはないけど」

というその言葉への反応がないので、見れば。

芽留はおれを見てる。結構がっつり見てる。睨（にら）んでる、に近い。そして言う。

「もうダメだね」

「あ？」

「おしまい」

「何？」

「わたしたち、もうおしまい。ギター持って、帰って。で、二度と来ないで」

「いや、何だよ、それ」

「悪いけど、ギター弾かないあんたに興味はないわ」

「弾かないわけじゃない。弾くよ。何日か弾かないってだけだよ」

「前は、弾かない日なんて一日もなかったよ。覚えてる？　わたしがこの部屋では弾かないでっ

て言ったの。アンプを通さなくてもシャカシャカうるさいからって。ほんとはうるさくなかった
けど、あんた、四時間も五時間も弾いてるからしかたなく言ったの。そのころが懐かしいわ」

「じゃ、また弾くから。六時間弾くから」

「弾きたくもないのに弾かなくていい。そんな音、聞きたくない」

芽留が、部屋の奥からギターが入ったハードケースを持ってきて、おれに渡す。

「はい。じゃ、さよなら」

「いや、さよならって」

芽留はそっぽを向いて、黙ってる。

おれはさらに言う。

「今日はさよならって、ことだよな?」

「ちがうよ。聞いてなかった? 二度と来ないでって、わたし、言ったでしょ」

「別れるってこと?」

「そう。でも十万円は返してね。返しには来なくていいから、わたしの銀行口座に振り込んで。

番号、あとでLINEで送る」

「いや、ちょっと」

「さよなら」

「マジかよ」

芽留はそこでもおれの顔を見ずに言う。

「どうかご多幸を」

アパートを出る。出される。

あわよくばと、同棲を狙ってた。が、まさかの展開。破局。真逆。うそだろ、芽留。これで終わりとか、なしだろ。

おれは通りの歩道を歩く。さすがにトボトボ歩きになる。

駅までは、ゆっくり歩いても五分。気持ち的にはもうちょっと歩きたいとこだが、ギターがあるからそうもいかない。ソフトケースならともかく、ハードケースは重いのだ。しかも、肩に掛けたり背負ったりできない。両手で持つわけにもいかない。片手で持つしかない。長さもあるから、歩いてると結構揺れる。重心があっちに行ったりこっちに行ったりする。だから余計に重く感じられる。

しかたなく、そしておとなしく、京王井の頭線の浜田山駅に向かう。商店街を歩きながら、マジでもうここへ来ることはないのかな、と思う。マジで急だろ、芽留。

この浜田山自体、おれもかなり気に入ってた。杉並区だが、どこか世田谷(せたがや)っぽさもある。どう言えばいいだろう。高円寺阿佐ケ谷のあの中央線沿線ぽさはないというか。新宿よりは渋谷からのつながりのほうが強いというか。

浜田山は、時として高級住宅地と言われたりもする。そのことは、芽留が住むようになってから知った。高級住宅地として、たまにその名前が出てくるのだ。芽留にそう言ったら、そんなことないでしょ、と言われたが。まあ、全体的に落ちついた町ではある。いいとこで育った芽留のお眼鏡(めがね)にかなうのもうなずける。高級な人は無意識に高級を選べる、ということかもしれない。で。やっぱおれはそんな町には入りこめなかったわけだ、と苦笑する。おれだって出は悪くないが、芽留には勝てない。親父は会社員。専務ではない。雇う側ではなく、雇われる側。世の大多数の人と同じだ。

おれの出は、武蔵小杉(むさしこすぎ)。神奈川県川崎(かわさき)市中原(なかはら)区の、武蔵小杉だ。

今、その辺りはタワーマンションだらけですごいことになってるが、残念ながらおれの実家はそれではない。マンションはマンションだが、タワーではない。普通の十四階建て。しかもその二階。低い。マンションの意味があまりない。

おれの父勇士郎(ゆうしろう)は鹿児島の出身で、母津由(つゆ)は和歌山の出身。その二人が何故か東京で知り合って結婚し、今は神奈川の武蔵小杉に住んでる。

おれはそのあたりの事情をよく知らない。知らないことをちょっと不思議にも感じるが、まあ、そんなものだろう。親の恋愛事情なんて、普通知らない。別に知りたくもない。とにかくおれはそこで生まれ、そこで育った。川崎市。ギリ都民ではなかったわけだ。

ギターを始めたのは中学生のとき。入学してすぐ。一年生のときだ。

音楽はもとから好きだったが、特にギターが好きだったわけではない。中学に上がったらやってやるぜ、と決めてたわけでもない。運動が苦手だったことのほうが、理由としてはデカかったかもしれない。

まず、致命的なことに、足が速くなかった。太ってるわけでもないのに、速くないのだ。何だか知らないが、遅かった。おれ、遅（おせ）ぇ～、と思いながらいつも走ってた。速いやつにいつもきれいに抜き去られてた。

サッカー、バスケ、バレー、陸上。そのあたりは全部、やる前からダメだとわかってた。チームスポーツはまずダメで、足が遅いから陸上もダメ。だからおれは必然的に帰宅部員になった。美術部や吹奏楽部といった文化系は初めから考えなかった。

ヤベえな、と思った。このままじゃ冴（さ）えない感じで終わるな、絶対モテねえな、と。

モテたいという気持ちは誰にでもある。当然だ。男子に限らない。女子にだってあるだろう。いや、おれはないけどなぁ、なんて言うやつがいるとすれば。それはそいつがすでにモテてるからだ。自分が大して好きでもない相手に言い寄られるのを煩（わずら）わしく感じるとか、そういう経験をもうすでにしてるからだ。でなきゃ、ただ単にうそをついてるだけ。そう言うことでカッコをつけてるだけ。じゃあ、何でそう言ってカッコをつけるのか。まさにモテたいからだ。

モテたい気持ちはない、なんて言うギタリストを、おれは信用しない。あの人はそんな人じゃないですよ、純粋に音楽を愛してるだけですよ、なんてそいつを擁護（ようご）するバカ女がいたら、こう解説してやりたい。あいつは、モテたいからやってるわけではないギタリスト、としてモテたいだけだよ、と。要するにめんどくさいやつなんだよ、と。

そんなわけで、おれは音楽、というかギターに活路を見出（みいだ）した。やるならギター。そこはすんなり決まった。決まったら、一気に興味が湧いた。やるからにはうまくなりてえな。うまくなきゃカッコ悪いもんな。そんな思いがいいほうに働いたのだろう。

で、エレキギターを買ってくれと両親に言った。それが五月のゴールデンウィーク明けごろだ。おれは六月二十二日生まれ。その誕生日プレゼントに、というつもりだった。

まだ早いだろ。それにギターは高いだろ。と親父は言った。

いや、部活みたいなもんだから。それがサッカー部員で言うスパイクみたいなもんだから。とおれは返した。

サッカーのスパイクはギターほど高くないだろ。と親父は真っ当なことを言ったが。

いや、三年でスパイク二足とか、あとユニフォームとか買ったら、そのくらいはいくでしょ。とおれはそう返した。

おれもユニフォームは買ったけど、スパイクは三年で一足だったぞ。と親父。

そう。親父は中学でサッカー部員だったのだ。失敗。より金がかかりそうな吹奏楽部員とかで例えればよかった、と後悔した。

が、そこで救いの神、いや、女神登場。母ちゃんが後押ししてくれた。

来年の誕生日プレゼントは何もいらないなら買ってあげてもいいわよ。

さすがにうぐっとなったが、いらないよ、とおれはすぐに返した。そんなことを言っても、来年母ちゃんが誕生日プレゼントをくれないことはないとわかってもいたのだ。母ちゃんなら、親父に黙ってでもくれるはず。

先に言っちゃうと。その読みは当たってた。現に翌年はエフェクターを買ってもらった。ギターの音を歪ませるオーバードライブだ。その前にもう、クリスマスプレゼントとして、自宅でつかえる小型のギターアンプも買ってもらった。それは母ちゃん主導ではなく、親父主導だった。エレキギターで音が出ないのはつまんないだろ？　と自分から言ってくれたのだ。何だかんだで、いい両親。感謝。

ギターは、おれの性に合った。始めたらすぐにのめり込んだ。教本を見て、練習した。弾けば弾いただけ上達するから、楽しくてしかたなかった。その上達ぶりが、ちゃんと音に表れるのだ。

毎日、学校から帰ったら、すぐにギターを弾いた。午後四時から七時まで弾いて、晩メシを食った。そのあとも、午後八時から十時まで弾いた。

もう、モテるモテないはどうでもよくなってた。いや、それは言いすぎというもの。よくはなかった。モテたくはあった。でもそれが上位に来ることはなかった。モテたい、は常にある。が、ギターとは関係ない。そんな感じだ。モテなくてもギターはやる、という。

周りにベースやドラムをやってるやつがいなかったからバンドは組めなかったが、自分がギターをやってるだけで充分だった。今は修業期間。そう思えた。

ギターをやるようになってからは、それまで以上に音楽を聞いた。やはりギターがよく鳴ってるものが中心。まあ、ロックだ。

ギタリストで特に誰が好きというのはないが、レッチリことレッド・ホット・チリ・ペッパーズのジョン・フルシアンテは好きだ。フルシアンテはいいギターを弾く。この一言。カッコいい。おれの親父と同い歳なのに。

中三のころから、おれは自分で曲をつくるようになった。高校ではオリジナルをやろうと思ったのだ。バンドを組んで、自分の曲をやる。というか、自分の曲をやるためにバンドを組む。その曲をつくっておこう。用意しておこう。そう考えたわけだ。

おれが進んだ高校は公立。たぶん、ぎりぎりの点数で入った。ギターを弾きながらの受験勉強。そこが限界だった。自分でもよく受かったと思う。

高校には軽音楽部があったので、すんなりそこに入った。で、同学年の男三人とすんなりバンドを組んだ。うまそうで音楽の趣味も合いそうなやつを見つけ、速攻(そっこう)で声をかけた。ベーシックなVGBD。ヴォーカルとギターとベースとドラムだ。

オリジナルは、残念ながら、すぐにはやれなかった。ほかの三人が、無理、と言ったからだ。そこでとりあえずコピーをやることにした。ならばレッチリをやりたかったが、それもほかの三人が、無理、と言った。まあ、しかたない。レッチリは、各パート、演奏技術がムチャクチャ高いのだ。

ということで、ほかの三人がやりたいという、もうちょっと簡単なコピーをやった。で、二年の途中からやっとオリジナルにとりかかった。いきなり全曲は無理だから、コピーと交ぜる感じで。

それでもやれるのはうれしかったが。結果を言えば。散々だった。ロクなものにはならなかった。おれがオリジナルをやってるだけ。ほかの三人から出てくるものは何もなかった。ベースとドラムはただ音を出してるだけ。ヴォーカルはおれが伝えたメロディラインをただなぞるだけ。演奏も自分たちでやるカラオケ、みたいなものだった。

詞なんて書けないとヴォーカルが言うので、しかたなくおれが書いた。まあ、ひどかった。それは認める。クソダセえ、と自分で思った。

結局、三年生のときの文化祭ライヴでは、ほかの三人の希望を入れて、全曲コピーをやった。あきらめたのだ。こりゃ無理だと。バンドでの演奏は楽しいが、そういうこともある。素人レベルだと、メンバー全員の熱量と資質がそろうことはまずないのだ。

で、おれが進んだ大学は私立。そこも、たぶん、ぎりぎりの点数で入った。同じくギターを弾きながらの受験勉強。やはりそこが限界だった。やはり自分でもよく受かったと思う。

大学があるのは千代田区の神保町。そこまでは電車で通った。一本で行けたのだ。東急目黒線が都営三田線に乗り入れてくれてるから。

大学でも、おれは軽音サークルに入った。高校のときよりは慎重にメンバーを探した。うまそうで音楽の趣味も合いそうなやつ、というとこは同じだが、もう一つ、創造性もありそうなやつ、との条件も加えた。慎重になりつつ、急いだ。

結果、決まったのはまた四人。またVGBD。ヴォーカルの古井絹枝とギターのおれとベースの堀岡知哉とドラムの永田正道。四人とも同じ経済学部だ。同学年。誰も浪人してないから同い歳。同じ学部なのは、たまたまではない。ウチはデカい大学なので、経済学部だけでキャンパスが独立してるのだ。だからそこの学部生だけで構成されるサークルも多い。

女性ヴォーカルというのはおもしろいな、と思った。バンドに女がいること自体が新鮮だった。

初めて四人で集まったとき、おれは言った。こう宣言した。今さらコピーはなし。やるのはオリジナルな。オリジナルのみな。

三人ともそれでいいと言った。初めからそのつもりだと。

ということで、おれが曲をつくり、ヴォーカルのキヌが詞を書いた。

曲は、高校のころのものは捨て、新たにつくった。つくろうと思えばいくらでもつくれたのだ。Ａメロ、Ｂメロ、サビ。またはそれらのコード進行。何かしら思いつけば、あとはそこから自然とふくらんで曲になった。イントロにブリッジ。もう、一気にいけた。

詞は、ドラムの永田も書いた。キヌがそれを望んだのだ。男が書く詞もうたいたいからと。おれとベースのトモはそっちはダメなので、永田。おれらのなかで学や知識が一番ある永田。

このバンド、カニザノビーはよかった。おれが初めて組んだ、バンドらしいバンドだった。

そこでおれらがやったのは、おれだけのオリジナル、ではなかった。皆、ちゃんと自分のものを出してきた。おれがつくった曲に、ちゃんと何かしら加えてきた。おれが想定してたものの上が来ることも多々あった。例えばトモのうたうようなベースラインとか、永田の意表を突くフィルインとか。

キヌは、基本、おれがつくったメロディラインをうたったが、意外な言葉のはめ方をしてくることで、おれを驚かせた。

　何よりもまず、キヌは声そのものがよかった。いかにもロックといったハスキーヴォイスではない。きれいはきれい。澄んでる。細くはないが、太くもない。どう言えばいいだろう。細いが芯がある、という感じか。声そのものに喜びと憂いが同居してた。正反対のその二つを、交互に出すのでなく、同時に出せるのだ。たぶん、意図せずに。

　おれの荒っぽいギターにキヌのきれいな声が乗る。そのバランスがいい。そこがカニザノビーの売りだ。

　というそれは、おれでなく、ベースのトモが言った。やつらしいソフトな語り口で。

　バンドを組んで二ヵ月でもうライヴをやった。学内企画だが、場所は学外。サークル主催の、ライヴハウスでのライヴだ。

　そこでほかのバンドを見て、おれらのほうが上だと確信した。二年生三年生のバンドよりおれらのほうがずっとうまかった。うまかったし、ちゃんと自分たちの音楽をやってた。四年生のバンドで一つうまいとこがあったが、そこにも僅差でおれらが勝ってたと思う。

　それからはあちこちのライヴハウスでやった。出られるとこには全部出た。学校は関係なし。四つぐらいの面識のないバンドと一緒に出るのだ。いわゆる対バンで。

　そのときは、チケットノルマがあった。おれらは四人だから、一人十枚ぐらい売れば自己負担をなしにすることができた。逆に言うと、その十枚をさばけなければ、自分で金を払って出演させてもらう形になる。

ライヴの回数が増えてくると大変だった。初めは友だちが興味本位で来てくれるが、三回も四回もは来てくれない。だからおれは知り合いに声をかけまくった。知り合いでないやつにもかけまくった。例えば大教室での授業で席がたまたま隣になったやつ、とか。一度、授業を終えた講師に声をかけたこともある。先生、社会勉強のためにライヴを観に来ませんか？　と。断られたが。

でもそのうちバンドの知名度が上がり、ライヴハウスから直接声がかかるようになった。ハウス主催のライヴに出てほしいというのだ。そんなときはチケットノルマがないから楽。大教室の授業でも、一番後ろの隅におとなしく座り、イヤホンで音楽を聞いてられた。フルシアンテやっぱうめえな、なんて思ってられた。

まあ、順調だった。知り合いではないし声をかけてもいないのに観に来てくれるお客も現れるようになった。ユーチューブにライヴの動画を上げたりもした。概ね好評だった。ヴォーカルの声が好き、とか、うたうまい、とかいうコメントが多かったが、ギターうまい、なんてものも少しはあった。単純にうれしかった。

大学二年の終わりからは、キヌと付き合った。おれがコクってだ。

学校から歩いていけたので、スタジオはいつも御茶ノ水のそれをつかってた。その日はライヴの前日。大学の授業のあと、午後七時から九時の二時間、みたいな感じで練習した。

その帰り。トモは神保町から東京メトロの半蔵門線で、永田は都営三田線。キヌは御茶ノ水からＪＲ総武線。

おれは永田と反対方向の都営三田線に乗るはずだったが、寄るとこがあると言って、スタジオの前で三人と別れた。で、水道橋駅のほうへ行くと見せて、密かにターン。キヌを追った。ちょっとしたストーカー気分を味わいつつ、明大通り、まさに明治大学の前で追いつき、後ろから声をかけた。

「キヌ」

キヌは振り向き、立ち止まった。

「何、どうしたの？」

「あのさ」

「うん」

「おれ、コクるわ」

「は？」

「っていうこれがもうコクリか。キヌ、おれと付き合わねえ？」

キヌは何も言わずにおれを見た。

だから続けた。

「バンドのメンバーとしてってことじゃなく、個人として」

「カレシカノジョになるってこと？」

「そう」

「今さら？」

「今さら。いや、おれさ、さっき思ったんだよ。スタジオでギター弾きながら、キヌがうたってんのを見て。あ、おれ、キヌのこと好きかもって」

「かも、なの？」

「いや、かもじゃない。好き。キヌの声、やっぱ好きだわ」

「声が好きなわけ？」

「声がというか、うたがというか。イコールキヌのことが好き。そこは切り離せないだろ。キヌのうたはキヌそのものなんだし」

「それ、うまいこと言ったと思ってる？」

「そうは思わないけど。言われてみたら、そうだな。ちょっとうまくね？」

「うまくないよ」

「マジか。グッと来なかった？」

「来ないよ。何か安っぽい」

「まあ、それはいいわ。とにかくさ、付き合おうぜ」

「うーん」とキヌは言い、黙った。

ダメか、と思った。断られたら明日からちょっときついな、と。いや、けど。そんなこともねえか。断られたとしても、お互い、それを冗談にできるくらいの関係にはもうなってる。なれてる。だったら付き合わなくてもよさそうなものだが。やっぱ付き合いたい。

キヌが口を開いた。

「いいよ」

「え、マジで？」

「うん」

「何で？」

「考えたら、わたしも航治郎のギターは好きだし。断る理由もないし」

「断る理由もないって何だよ。コクられてんだから、もうちょっと喜ぼうぜ」

「二年近く一緒にバンドやってて、こんなふうに告白されて、待ってました！　とはならないでしょ」

「まあ、そうか」と妙に納得した。

何にしても、うれしかった。マジで順調だ。そう思えた。

そのすぐあと、大学三年から、おれは一人暮らしをした。付き合えることになったキヌとのあれこれを考えて、ではない。いや、それも少しはあるが。いや、半分はあるが。

その二年だけどうにか、と両親に頼みこんだ。そのときにはもうプロになるつもりでいたので、準備をしておきたかったのだ。大学を卒業してから準備、ではいろいろ大変だから。

母ちゃんはともかく、親父は渋った。通うのに一時間もかからないのに何でアパートを借りるんだよ、と言った。お前の大学はおれの会社より近いんだぞ。

そう。親父の会社があるのは八王子。神保町より遠いのだ。

それでも、親父は結局了承してくれた。働くようになっても都内のほうが通いやすいだろうから、まあ、いいか、ということで。

住む場所は、武蔵小杉と渋谷のあいだ、東急東横線の都立大学にした。大学に行くときは半蔵門線に乗り換えなければならないが、よく出るライヴハウスがある渋谷に一本で行けるほうを優先したのだ。

アパートは、駅から歩いて十二分のワンルーム。ロフト付きだが、五畳。狭い。でも家賃は五万で収まる。まずはそこを優先した。徒歩十分を超えるとダリィな、というのは実際に住んでからわかったことだ。ギターのハードケースを持っての十二分は長い。十分を過ぎてからの二分がきつい。不動産物件の家賃。うまく決めてるもんだ。

そして一人暮らしを始めて数ヵ月。大学三年生のときにピークが来た。順調、のピークだ。某バンドコンテストに出て、おれらは準グランプリを獲った。それで完全に腹が決まった。いや、すでに決まってはいたのだが、あらためて決まった。プロになろう、と思った。なれる、とも思った。

ただ。人に時間はない。言い換えれば、人間社会はバンドがやりやすいようにはできてない。そんな仕組にはなってない。人が本気でバンドに取り組むなら、どこかでやりくりをしなければならない。何かを削ってそのための時間をつくらなければならない。

中学に行って、高校に行って、大学に行って。そんなふうに普通〜に生きてると、普通〜にこれが来てしまうのだ。そう。就活。

ギターがどうこうの話ではなく。おれ自身、会社で働くのは無理だと初めから思ってた。そんな気力も能力もないと。

メンバーの三人には、就活が始まる時点でまた宣言した。おれはプロになるつもりだと。なろうぜ、と呼びかけもした。

反応は、ある程度予想どおり。おぅ、なろう！　とはならなかった。でも三人とも、バンドをやめるとは言わなかった。

キヌは。就活はするがバンドもやると言った。就職してからもやると。

トモは。就活はしないと言った。バンドでやれると思ってるわけでもないけどすぐには就職しないでいいかとも思ってると。

永田は。同じく就活はしないと言った。いずれ資格をとることを考えてるからと。

四人、それぞれ考え方はちがった。が、当面バンドを続けるということでは一致。

その先はまだ考えなくていいと思った。トモが言うとおり、バンドでやれるとは、思えなくて当然。やれたとして。そのときにまた考えればいい。何も決まってないのに、もしこうならこうする、と決めてしまう必要はないのだ。今は、バンドでやれるようにする。それだけを考えればいい。

四年生のときも、キヌの就活で回数は減ったが、ライヴは続けた。といっても、それはキヌだけのせいではない。おれも相当ヤバかった。三年生を終えた段階で、まだそんなに単位をとってなかったのだ。だから四年生でも多くの授業に出た。さすがに留年するわけにはいかないから。で、必要な単位ぴったりで卒業。ゼーゼー言いながらもギリ卒業。問題はそこからだった。

両親に援助してもらえるのは在学中だけ。それは初めから決まってた。三年生の三月、就活はしないとおれが親父と母ちゃんに伝えたときにそう決めたのだ。さすがにおれが自分から言った。卒業後の家賃と生活費は自分でどうにかするからと。

おれはあれこれ検討し、コールセンターでアルバイトをすることにした。その運営会社に登録し、仕事を紹介してもらった。勤務地は、希望どおり渋谷。

コールセンターの仕事は、時給が高く、時間の融通が利き、服装が自由。だからバンドマンでこれをやってるやつは結構いる。電話でお客の相手をする物腰のやわらかい男が実は鼻ピアスのパンクロッカーだった、なんてこともあるわけだ。

初めはバンドマンらしくライヴハウスだの貸スタジオだのでバイトをすることも考えた。が、そういうとこはあまり募集がないし、時給も安いから、早々にあきらめた。

コールセンターといっても、仕事は二種類ある。インバウンドはかかってくる電話を受けるもので、アウトバウンドは自分からかけるもの。ざっくり言えば、商品説明だけでなくクレーム対応もしなきゃいけないのがインバウンドで、商品を売りこんだりしていやがられなきゃいけないのがアウトバウンド。

おれがやってるのはインバウンドだ。実際、クレームもある。なかにはひどいのもある。人は見知らぬ相手にここまで怒鳴れるんだな、と時に感心させられもする。

おれはもう慣れた。別におれ自身が文句を言われてるわけではないのだ。お前の曲はクソだな、ギターもクソだな、と言われてるのではない。会社の代わりに言われてるだけだ。言われることで高めの時給をもらってるだけ。

　でもなかには慣れなくてやめてしまうやつもいる。まあ、ある種の鈍（にぶ）さは必要なのだろう。気持ちの切り換えも大事。それができないと難しいかもしれない。

　大学卒業後は、風向きが変わった。バンドも順調とはいかなくなった。

　まず、キヌが働きだしたことが大きかった。バンドはそこがきつい。全員がそろわなきゃ始まらないのだ。

　といって、これまたキヌだけのせいではない。それは関係ないと言ってもいい。ライヴをそんなにやれなくなったのは痛かったが、集客自体、思うようにはいかなくなってもいた。出られるコンテストには出て、受けられるオーディションは受けたが、すべて落ちてもいた。

　一時は伸びたライヴ動画の再生回数も頭打ちになった。こいつらどの曲も似てんだよな、といった批判的なコメントも見られるようになった。お前に何がわかんだよ、と反論コメントを書きこみそうになったが、それ絶対ダメ、とトモに言われてとどまった。

　要するに、時間が経ってしまったのかもしれない。言い換えれば、おれらは時機を逃（のが）したのだ。行けるなら勢いで頂（いただき）までガーッと行ってしまうべきであった、その時機を。

　で、卒業から一年が過ぎたあたりでコロナが来た。

　バンド活動に限らない。世の中の多くの活動がそれで一気に止まった。ライヴハウスは閉まり、スタジオも閉まった。コンテストは中止になり、オーディションも中止になった。

　キヌとの関係も、ちょっとおかしくなった。キヌがおれのアパートに来る回数も減った。コロナだからそうなってもおかしくない。おれはそう考えようとした。

卒業から二年が過ぎたあたりで、はっきりとぶつかった。まあ、おれのせいだ。

そのときも、やはりオーディションに落ちた。久しぶりにおこなわれたそれ。ライヴ審査はなし。音源審査のみ。で、落選。久しぶりに大学の近くの公園で会った三人が淡々とそれを受け入れたのが気に食わなかった。

そのあと、今日は行く、とキヌが言った。おれのアパートに行く、ということだ。

二人で東急東横線に乗り、都立大学駅で降りた。歩きだすとすぐにおれは言った。

「キヌがこっちに打ちこんでくれてりゃあな」

つい言ってしまった感じ、電車に乗ってるあいだに考えてたことがぽろりと口から出てしまった感じだった。

キヌは怒らなかった。少し間を置いてから言った。

「本気でプロになれると思う？」

「思うから、やってるよな」とおれは返した。

「今もそう？」

「そうだよ。そう思ってるよ」

「わたしはもう思わない」

「コロナだから？」

「そういうことでもない。初めは、もしかしたらって、少し思ったけど。今はもう思わない。わたしはルックスがいいわけでもないし」

「それは関係ないだろ」

「関係はあるよ」

「うたのうまさだけで勝負してるシンガーもいっぱいいるよ」

「いるね。でもわたしは、それだけで勝負できるほどうまくない。卑屈になってるわけでも何でもなくて。それが現実」

「そんなことないよ」

「そんなことあるよ。わたしはプロにはなれない。正直に言っちゃうと、もう、なりたいとも思わない。でももしかしたら、航治郎はなれるのかもしれない。それはわたしにはわからない。だから、航治郎はやればいいよ」

「それは、何、キヌはもうやめるってこと？」

「うん」

「バンドを？」

「そう。今日はそれを言いに来た。部屋で言おうと思ったんだけど。もう言っちゃった」

「おれらは？」

「ん？」

「おれとキヌは？」

「あぁ。同じだね。別れる。そうしたほうがいいと思う」

「何で?」

「だって、わたしがバンドをやめるのにカレシカノジョでいるっていうのは、無理でしょ」

「無理か?」

「と航治郎がそう訊くぐらいだから、無理なんだよ。わかるよね? 自分で」

わかる。無理だろうな、と思う。キヌの代わりにほかのヴォーカルをバンドに入れて、キヌとはカノジョとして付き合う。無理だ。

「だからもう帰る。アパートに行く必要、なくなっちゃったし」

「いや、それは」何と言っていいかわからずに、こう言った。「遠慮すんなよ」

「遠慮じゃないよ」とキヌは笑った。

「行きたくない?」

「そういうことでもないけど。これで行くのは変」

「ここまで来て帰るのも変だけどな」

「そうだね。でもそうする。わたしはそっちの変を選ぶ。芽留ちゃんとうまくやって」

おれは驚きつつ、言った。

「何だよ。気づいてたのかよ」

芽留はおれらのファン。ライヴをよく観に来てくれた。一度だけ二人でメシを食った。何もなかったが、誘ったのはおれだ。

いつもなら横断歩道で環七(かんなな)通りを渡るのだが、キヌは渡らなかった。その手前で引き返し、本当に帰っていった。おれも駅まで戻って見送る。そんな余裕はなかった。気持ちの余裕も、体力の余裕も。久しぶりに持ち歩いたギターのハードケースがもう、本当に重かったのだ。

で、今もやはり重い。浜田山から都立大学。渋谷経由で戻ってきたが、いつも以上に重い。

おれのアパート。不動産屋によれば徒歩十二分だが、ギターのハードケースがあると徒歩十五分になる。歩く速度が落ちるからだ。

　こうして横断歩道で環七通りを渡るときも、青信号が点滅したからといってダッシュをかけようとは思わない。だったらあきらめて次の信号を待つ。といって。待つあいだ、ハードケースを提（さ）げてただ突っ立ってるのもきついのだが。

　結局、カニザノビーはそれで解散。キヌとも別れた。ダブルパンチだ。

　そのあとは芽留と付き合えたが、こうなった。その芽留とも別れた。

　環七通りを渡り、なお歩く。そこまで来れば、あと少し、という感じがする。

　おれが住んでる辺りは、完全な住宅地だ。そして完全な住宅地なのに、アパートまでの途中に何故か定食屋がある。

　扇屋（おうぎや）食堂。ランチどきにはメニューを書いた立て看板を出してる店だ。しょうが焼き定食とか、肉野菜炒（いた）め定食とか、アジフライ定食とか、煮込みハンバーグ定食とか。

　値段はどれも九百円ぐらい。おれにはちょっと高い。煮込みハンバーグ、の手書き文字にはいつもそそられるが、地元感というか地域密着感が強すぎて、まだ入ったことはない。

　その扇屋食堂が、一ヵ月前に思いきったことをやった。立て看板は下げ、壁にこんな紙を貼ったのだ。

Ａ５ランク黒毛和牛ステーキ三千九百八十円。

マジか、と思った。どう見ても定食屋、その外観は少しも変わってないのに？　と。

そうなって一ヵ月。驚きはいまだに消えないが。今日はさらにこれが加わった。新たにこんな紙が貼られたのだ。

昼カラオケ始めてみませんか？

マジで？　とやはり思った。やはりどう見ても定食屋、その外観は少しも変わってないのに？　ここで黒毛和牛ステーキを食って、昼カラオケ？　と。

新たな提案です。みたいな感じが何とも言えない。ご存じですか？　今、カラオケというのが流行ってるんですよ。今はもうこれですよ。みたいな感じも何とも言えない。

何も知らないおばあちゃんが自身にとって新しいことを始めてみた。と、そんな感じもある。店に入ったことはないから、おばあちゃんがやってるのかは知らないが。おじいちゃんかもしれないが。

浜田山で芽留と別れてから一時間。初めてちょっと笑う。

いやぁ。あんたも迷走か。その真っ最中か。と、シンパシーを感じる。


久しぶりに多摩川を越え、川崎市に戻る。

都立大学から武蔵小杉は五駅。十分。歩いても一時間強で行ける。ギターのハードケースなしなら。

だが頻繁には行かない。この一年で一度しか行ってない。正月だけだ。あれこれうまくいってないから、実家には何となく行きにくい。

川崎は川崎だが、その実家に行くわけではない。行くのは隣の区にある福祉プラザ。老人福祉センターだ。おれ自身、初めて行く場所。高校のときの知り合いが、そこの広間でミニコンサートをやるのだ。

そう。知り合い。友だちと言えるほどでもない。だから、知り合い。高校の同級生、松木新一(まつきしんいち)だ。そのころからクラシックギターをやってた。

高校はやはり川崎市内にあり、おれはそこで松木と一緒になった。おれは軽音楽部だったが、松木は帰宅部だった。中学のときのおれみたいに、一人でギターをやってたのだ。

といっても、独学ではない。スクールに通ってた。プロを目指してとかそういうことではなく、ただ好きでやってたらしい。そんなだから、実際に松木の演奏を聞く機会は一度もなかったが、まあ、習ってるんだからうまいんだろう、とは思ってた。

クラスが同じになったのは二年生のときだけ。席が近かったので、少し話した。そのときにギターのことを聞いたのだ。

その縁(えん)で、松木は軽音楽部の文化祭ライヴを観に来てくれた。クラスが別になった三年生のときも来てくれたはずだ。大学はちがうとこへ行ったが、松木の学校があるのは世田谷区。おれらが渋谷でやったライヴも何度か観に来てくれた。

伊勢くんはカッコいいね。ぼくはあんなふうに弾けないよ。と松木はおれに言った。うまいね、とは言わなかった。それでもおれは得意になった。ギターをやってるやつにほめられるのは、やっぱうれしいのだ。

で、ついこないだ。暇つぶしにスマホの電話帳を見てて。松木新一、が目に留まった。あ、そうか。おれ、松木の番号知ってたんだ。と思った。松木、懐かしいな。とも。おれと合うタイプではなかった。おれよりも松木のほうがそう思ってたはずだ。でもおれは、何か、松木が好きだった。そこまで親しくならないのはわかってるが、好き。スマホの電話帳を見て、その距離感まで思いだした。文字でやりとりするんじゃなく、しゃべりてえな。と思った。そのあとにこうも思った。って、恋仲かよ。

本当に暇だったので、本当に電話をかけてしまった。

つながらなかった。昼間だからしかたない、と思った。いや、かけてきたのがおれだったから、もしくは知らない番号からかかってきたから出なかったのかもしれない、と思い直した。

が、松木はすぐに折り返しをかけてきた。

「もしもし」

「もしもし。伊勢くん、電話くれた?」

「ああ」

「ごめん。仕事でちょっと出られなかった」

「今は、だいじょうぶなのか？」

「うん。休憩(きゅうけい)時間」

流れで、何の仕事をしてるのか訊いた。

何と、松木は公務員になってた。川崎市役所の職員だ。今は東急田園都市線(でんえんとし)の溝(みぞ)の口(くち)のアパートに住んでるという。

おれも何をしてるか訊かれたので、都立大学に住んでバイトをしながらギターをやってると答えた。

「カニザノビーもまだやってるの？」

よく名前を覚えてたな、と思いつつ、おれは言った。

「いや、解散した」

「え、そうなの？」

「うん」

「何で？」

「まあ、いろいろあって」

「もったいない。あのバンドはよかったのに」

お世辞(せじ)には聞こえなかった。松木が言うと、すべて本心に聞こえる。ある意味、すごいやつだ。

松木もまだギターをやってるのか訊くと。意外な返事が来た。やってるどころの話ではない。

ボランティアで医療施設や福祉施設を訪ね、ミニコンサートまで開いてるというのだ。例えば市立病院での院内コンサートとか、そんな感じで。それらはまさにボランティア。出演者自身が応募するという。当然、交通費や食事代の支給はない。

「マジか」とつい言ってしまった。

「うん。ぼく自身がやりたくてやってるからね。プロでも何でもないのに」

「プロはそれ、やらないだろ」

「いや、プロでもやる人はいるよ。募集要件にも、プロ活動やそれに準ずる活動をしてる人、というのがあったりするし。まあ、ぼくは準じてもいないけど」

「そうか。誰でもいいってわけにはいかないのか。ただ人前でやりたいだけの素人に来られても困るもんな。下手クソな『禁じられた遊び』とか聞かされても、どうしていいかわかんねえし」

「まあ、ぼくの場合、市の職員だからやらせてもらえてるっていうのも、ちょっとはあるのかもしれないけどね。市の施設なんかでそれだと、やっぱり話は早いから」

「あぁ。なるほど」

大きな病院だと、その手のコンサートは定期的に開かれるらしい。患者はなかなか外に出られないから、奏者のほうが訪れるのだ。松木は緩和治療病棟で演奏したこともあるという。つまり、余命宣告を受け、はっきりと先が見えてしまった人たちの前でやるわけだ。すげえな。

で、来週この福祉センターでやると聞いた。それが今日だ。

「じゃ、おれも観られる?」と尋ねた。

「うん。だいじょうぶだと思うよ。整理券を配るとかそんな大げさなものではなくて。居合わせた人たちにちょっと聞いてもらう感じだから」

というわけで、来た。松木のギターを聞きたいと思って。

いつもそうだが、今日もソロ演奏。二重奏も一度やったことがあるらしい。あれはソロ以上に難しいよ、と言ってた。

武蔵小杉からやはり久しぶりにＪＲ南武線に乗り、数駅先で降りた。そこからは、アプリの地図を見ながらカクカク歩く。

その地図どおり、施設のすぐ前が公園になってる。出入口には車止めがある。銀色の金属パイプ。円、という漢字から真ん中の縦棒をとったみたいな形のあれに、一人の女が腰掛けてる。で、歩いてくるおれを見てる。結構見る。まるでおれが芸能人か何かみたいに。

「伊勢くん？」と言われ、

「うん」と返す。

「早めに来ると聞いてたから、わたしも早めに来ちゃった。よかった、わたしのほうが先で」

誰？　と訊く前に女が言う。

「ノガミ。ノガミユイカ。高校で一緒だった」

「あぁ。はいはい」

野上唯香。確かに、高校の同級生だ。

といっても、松木同様、親しくはなかった。まさに松木同様、二年生のときだけ同じクラスだった。ような気がする。

「どうせなら、久しぶりにちょっと話したいなと思って」と唯香。

「って言うほど話したことあったっけ」とおれ。

「言うほどはない。伊勢くんはわたしのことそんなに覚えてないかもしれないけど、わたしは覚えてるよ。文化祭のライヴとか観たし」

「それは、どうも。で、何、松木を観に来たの？」

「そう。マッキーがやるときはいつも来る」

「マッキー？」

「うん」

「松木、そう呼ばれてんの？」

「呼んでるのはわたしだけ。そこは、ほら、カノジョだから」

「え、カノジョなの？」

「そう。聞いてない？」

「聞いてないよ」

「じゃあ、カノジョじゃないのかな。わたしがそう思ってるだけだとしたら、ちょっとあせる」

「いや、松木は休憩中で、そこまで話す時間がなかっただけだと思うけど」

「いきなり伊勢くんから電話がかかってきて驚いたと言ってたよ。マッキー」

「まあ、そうだろうな。にしても。カノジョなのに、マッキーか」

「変？」

「カノジョなら、シンとかシンくんとかになるんじゃん？　普通」

「それだとほんとに普通じゃない。マッキーも、あだ名としては普通だけど」

「松木は、マッキーっぽくないから、いいのか」

「マッキーっぽくない？」

「ぼくないだろ。何つーか、ちゃんとしてんじゃん。カノジョに松木くんとか松木さんとか呼ばれてるほうがまだしっくりくるよ」

「それは、わかる」

「わかるのにマッキーと呼んじゃうわけだ」

「呼んじゃう」

　スマホをチラッと見る。開演まではまだ時間があるので、おれも隣の金属パイプに腰掛ける。唯香の隣に、ではなく、隣の金属パイプに。人のカノジョだから、遠慮したのだ。紳士として。

　出入口の車止めに並んで座る二人。公園の番人みたいだな、と思う。

「伊勢くん、まだギターやってるんだよね？」

「やってるようなやってないような、だな」

「やってないような、なの？」

「バンドは解散したから」

「あ、そうなんだ」

「野上さんは、今、何を？」

「会社員。食品パッケージをつくる会社に勤めてる」

「へぇ。どこにあんの？」

「ここ。川崎」

「地元だ」

「うん」

「じゃあ、松木と結婚すんの？」

「まだそこまでは進んでないよ。まあ、わたしはしたいけど」

「おぉ。いいの？　おれなんかに言っちゃって」

「いいよ、別に。マッキーだって、わかってはいるし」

「わかってんのか。そもそもさ、いつから付き合ってるわけ？」

「二年前から」

「というと、まだコロナがひどかったときだ」

「そう。そのひどい合間をぬって友だち何人かと久しぶりに会って、それで」

「どっちから？」

「マッキーから。に見せてわたしからかな。付き合いたい感は出してたから」

「出してたんだ？」

「うん。全開。マッキーが言ってくれるのがあと五分遅かったら、自分から言ってたかも」

「がんばったな。松木」

「わたしもそう思う」

「高校のときはそういう感じじゃなかったんだ？」

「わたしにはそういう感じがあったかな。いいなとは思ってたし」

「おれも思ってたよ」

「え？」

「松木は人としていいなと思ってた。ギターはやってるけど、おれとちがってそれを人に見せたがらないとことか」

「伊勢くんは、見せたがってたの？」

「見せたくないなら文化祭のライヴには出ないよな」

「そのライヴ、マッキーと一緒に観たよ。単なるクラスメイトとして」

「あぁ。そうだったんだ」

「伊勢くんはダントツにうまかったよね。マッキーもほめてたよ」

「周りが下手だっただけだよ。だからおれが浮き上がって、うまく見えた」

「オリジナルをやってるだけでもうすごいと思ったよ」

「文化祭ではやってなかったろ」

「でもやってはいたんでしょ？　曲は伊勢くんがつくってたんでしょ？」

「まあね」

「何で文化祭ではやらなかったの？」

「出来がひどかったし、ほかの三人もやりたがらなかったから。まあ、やらなくて正解だったよ。高校の文化祭でオリジナルをやってもウケないからな。みんな、やっぱ知ってる曲を聞きたがるし」

「池渕くんは、キャーキャー言われてなかった？」

「顔がよかったからな、あいつは」

池渕久人。ヴォーカルだ。久しぶりに思いだした。

確かに顔はよかった。で、顔しかよくなかった。うたは普通。カラオケをそこそこうまくうたえる程度。声量は足りなかった。

「池渕くんは今、何やってるの？」

「知らない」

「知らないの？」

「知らないよ。連絡はとってない。知ってんのは、大学に行ったとこまで。高校で一緒だったやつは、みんなそんなだよ」

「なのにマッキーには電話をかけたんだ？」

「そうだな。自分でも不思議だよ。池渕のほうが、まだ仲はよかったのに」

唯香が自分のスマホを見て、言う。

「じゃあ、そろそろ行く？」

「うん」

立ち上がって、道路を横切る。すぐ前の施設に入り、階段を上る。

二階の広間に到着。まさに広間だ。ちょっとしたステージがある。客席にはパイプイスが並べられてる。三十弱。お客は一五人ぐらい。やはり高齢者が多い。

唯香とおれは、邪魔にならないよう、最後列に座る。

そして時間になると、黒スーツ姿の松木が出てくる。ギターを手に、あっさり登場。司会者みたいな人はいないので、自ら言う。

「こんにちは。松木新一といいます。ちょっとだけお付き合いください。じゃあ、始めますね」

松木はステージ上にちょこんと置かれたイスに座る。そして左足を足台に載せる。

ロックとはちがう。座って、やる。一番弾きやすい姿勢でギターを弾くのだ。足台をつかうことで、ギターがちょうどいい位置に来る。まあ、これは好みで、なかにはつかわない人もいるらしい。

松木は三曲を続けて演奏する。一応、やる前に曲名だけは言う。

それによると。一曲めは、タレガの『アルハンブラの思い出』。二曲めは、同じくタレガの『ラグリマ』。これは涙という意味らしい。三曲めは、何と、オリジナル曲。タイトルは、『木洩(こも)れ日(び)』。

一曲めが終わっても、拍手は来なかった。たぶん、お客が迷ったのだ。あれ、これは一曲ごとに拍手をするのか？　それとも、最後にまとめてなのか？　と。でも二曲めが終わったときには拍手が来た。一人がしたので、ほかの人たちも続いたのだ。そして三曲めが終わると、全員が拍手をした。やる前に松木が、じゃあ、最後の曲です、とちゃんと言ったから、お客も迷わずにちゃんと手を叩けた。拍手はかなり大きかった。唯香とおれがそれをさらに大きなものにした。

三曲で二十分弱。まさにミニ。でもいい感じだった。このぐらいなら、音楽にさほど興味がない人でも聞いていられる。集中できる。

松木はあいさつをしてステージから去ったが。どこかにギターを置いて、すぐに戻ってきた。おれに言う。

「ほんとに来てくれたんだね」

「そりゃ来るよ。自分から行くと言っといて来なかったら、わけわかんないだろ」

「唯香と並んで座ってたから、ちょっとびっくりしたよ」と松木が笑う。

「わたしが伊勢くんを待ち伏せして捕まえたの」と唯香。「一緒に観ようと思って」

「付き合ってたんだな、二人」とおれ。

「うん。今日言おうと思ってた」と松木。

「結婚しちゃえよ」

「え？」

「それ、言う？」と唯香も笑う。

「でさ。ムチャクチャよかったよ。やっぱうめえんだな、松木。想像以上だった」

「うまくないよ。一ヵ所まちがえたし」

「気づかなかったよ」

「どうにかごまかした。最近、本番でのごまかし方がやっとわかってきたよ」

「クラシックギター、いいな。生音は、やっぱいいわ。ちゃんと弾いてる感じがするよ」

「それは電気を通しても同じでしょ」

「そうだけど。ミュートとかちゃんとしてねえと、一発で気づかれんじゃん」

ミュート。消音、だ。弾くべきではない弦に軽く指を当て、音が出ないようにすること。クラシックやフォークなどのアコースティックギターでこれをやり損ねると、出た音がもろに聞こえてしまったりする。

「エレキでも、気づかれはするよね」

「するけど、ごまかしも利くよな。電気は何かを変えちゃうよ。いいほうにも悪いほうにも。ほんとにうまいやつは、いいほうにだけ変えられるんだろうけど。で、あれ、曲はさ、毎回替えんの？」

「そうだね」

「レパートリーはどんぐらい？」

「今は、十曲ぐらいかな」

「最初の曲は知ってたよ」

「アルハンブラ。あれは有名だね。タルレガとも言われたりする、タレガ。本当は、同じタレガの『アラビア風奇想曲（きそうきょく）』もやりたかったんだけど、まだ人前でやれるレベルではないんで、簡単な『ラグリマ』に逃げた」

「二曲め？」

「そう」

「あれ、簡単なんだ？」

「ほかにくらべれば」

「自分の曲もやったじゃん」

「うん。無理やり入れちゃったよ。巨匠の曲を二つやったあとにあれ。違和感があったでしょ？」

「全然。言われなきゃわかんなかったよ。説明がなかったら、あれも巨匠の曲だと思ってたはず」

「いや、まさか」

「オリジナルなんてすげえな」

「いやいや。伊勢くんは高校生のころからやってたじゃない」

「いやいや。ああいうのとはちがうよ。こういうのでオリジナルはすごい。松木はすごいんだろうと前から思ってたけど、マジですごかった。『木洩れ日』は、マジで木洩れ日だった。ちゃんと木のあいだから日が射してた。風景が頭に浮かんだよ。曲もよかったし、演奏もよかった」

「このレベルなんてざらにいるよ」

「ざらにはいないだろ」

「いや、いる。人前でやらせてもらうのが申し訳ないくらいだよ」

ちょっとふざけた感じになってしまったが。言ったことはマジだ。

松木、ムチャクチャうまかった。もう、次元がちがった。うまいね、とおれに言うわけがなかった。それでいて、このレベルなんてざらにいる、のも事実なのだろう。

おれはあんなふうに弾けない。ちゃんと鍛えてきたやつはうまいのだ。クラシックとロック。ジャンルがちがうのだから、それでいいといえばいい。が、いいと言ってしまう気になれない。昔はなれたが、今はもうなれない。

福祉施設でおこなわれた、ボランティアのミニコンサート。だからといって、手抜きやごまかしは一切なかった。そこにはちゃんと音楽があった。文化というか何というか、もう、確固たるものがあった。前置きなどなしで、誰の前にも、よいもの、として出せるものだ。

自己流、でずっとごまかしてきたおれとはちがった。狭い自分の土俵でしか勝負してこなかったおれとは、根本がちがった。

もうはっきり言ってしまう。

おれは、下手だ。おれ自身がつくった曲ならうまくやれるかもしれない。それだけなら、ほかのやつに負けないかもしれない。でもそれ以外はダメだ。課題はこなせない。スタジオミュージシャンにはなれない。

「おつかれさま」

「三曲だから疲れてないよ」

「いや、本番は疲れるでしょ」

「まあ、そうか」

「まだ終わったばかりだから感じてないだけだよ」

「確かに、こういう日の夜はよく眠れるかも」

「本番が終われば、緊張も解けるだろうしね」

「うん」

なんてことを言い合う唯香と松木を見て、ふっと息を吐く。

思う。

やめようと。


耳がキーンと鳴る。そう感じただけではない。はっきりキーンと鳴る。

ギターを売ろうとしてるからだ。十四年やってきたギターを、今まさにやめようとしてるからだ。


決めるまでは時間を要したが、決めてからはすぐに動いた。おれはギターのハードケースやらエフェクターやらを持ってアパートを出ると、都立大学駅に向かった。環七通りのとこでは、青信号が点滅した。もうこれが最後だからと、ダッシュをかけて横断歩道を渡った。都立大学駅からは、東急東横線で渋谷へ。渋谷駅を出たら、楽器屋へ。そこのカウンターで言った。

「買取お願いします」

で、それ。耳、キーン。

七年つかったテレキャスター。トーンノブが壊れてるので、直し料金を差し引いた査定額になるという。

ほんとかよ、とつい疑ってしまうが、まあ、ほんとなのだろう。もしうそなら、立派な詐欺。有名な楽器屋がそれをやっちゃまずい。たぶん、おれが気づかなかっただけだ。最後にアンプを通して音を出したのは一ヵ月近く前だから。

もし疑うなら、ということなのか、店員が言う。

「ご自分で試してみますか」

「いや、いいです」とおれは返す。

ギターを売りに来たやつがここで、じゃあ、売らない、とはならない。売るために来たんだから。出張や宅配でなく店頭なら買取は即日ですむというので、そうしたのだ。弾き納めはすんだ。もう触らなくていい。下手に触りたくない。

ギター一本にエフェクターが三つ。売れるものはすべて売り、おれは楽器屋をあとにする。

もうライヴハウスに出ることもない。渋谷にはバイトで来るだけ。そのバイトだって、もう長くはないだろう。

乗ってきたばかりの東急東横線に乗って、都立大学へ戻る。さすがにすぐアパートへ帰る気にはならず、北口に出る。いつもの南口と改札は同じだが、方向がちがうのだ。

さて、どうすっか、と思い、とりあえず、歩く。大通りよりはこっちということで、呑川本流緑道を行く。呑川が暗渠化されてできた緑道だ。

そこから思いつきで呑川駒沢支流緑道へと右折し、駒沢オリンピック公園へ向かう。駅から徒歩二十分強でアパートとは逆方向。だからこれまで行ったことがなかったのだ。

そして着いてみると。さすがにデカい。

オリンピックを名乗るだけのことはある。陸上競技場があり、第一、第二球技場があり、硬式、軟式野球場があり、屋内球技場があり、体育館がある。おれとは縁遠かった運動関係の施設がもう何でもある。

オリンピック記念塔なるものが立ってる中央広場を歩く。まさに広場。本当に広い。そこで屋外ライヴでもやれそうなくらいだ。

「けど、もうやらんわ。頼まれてもやらんわ」とつぶやく。負け犬の遠吠え感が色濃くなったので、こう続ける。「まあ、誰も頼まないでしょうけど」

もうギターのハードケースがないから、歩くのは楽だ。それはいい。せめてそのくらいのことはないと、やめた甲斐がない。

と、そう思いつつも、なお思う。

あぁ。マジでやめちったか。

歩き疲れる前にと公園を出て、駅に戻る。

アパート側の南口にまわると、やはり思いつきで、いつもよりは手前の横断歩道で環七通りを渡る。そこでもダッシュをかける気満々だったが、ちょうど信号が青に変わったので、それはしない。

で、すずめのお宿（やど）緑地公園に行く。

デカい公園のあとに、小さくもないがそうデカくもない公園。せっかくだから公園のはしごをしようと思ったのだ。身軽さを享受（きょうじゅ）するべく。

ここはそんな名前だが、区立の公園。敷地内に、区の文化財だという古民家があったりする。半分は竹林。江戸時代から大正時代にかけて質のいい筍（たけのこ）がとれたそうだ。昭和の初めごろは、その竹林が付近一帯のすずめのねぐらになってたという。だから、すずめのお宿緑地公園。目黒区のホームページにそう書いてあった。ここへはたまに来るから、スマホで調べたのだ。

竹は繁殖力が強いはず。でも間引きなどの調整はされてるらしく、みっしり生えてるわけではない。それこそ木洩れ日も射す。だから居心地がいいのだ。いるだけで気持ちがほぐれる。

ベンチに座りはしない。竹林を縫う遊歩道を、おれはぶらぶらと歩く。何周もする。そうやって、竹林を全身で感じる。

よく聞けば、確かに鳥がさえずってる。すずめなのかはわからないが、すずめのお宿緑地公園なのだからすずめなのだろう。ちがったらちがったでいい。鳥は鳥。

鳥。さえずってんなぁ。うたっちゃってんなぁ。

カニザノビーをやってたときのことを思いだす。

キヌはうまかったよな。ライヴで音を外すなんてことは一度もなかったもんな。天性のものを持ってたってことなのかもな。もしかしたら。おれと組んじゃったから世に出られなかった、なんてことだったりしてな。

自分ではルックスがよくないようなことを言ってたが、キヌは顔も悪くなかった。そりゃ、モデルとかタレントとかみたいにはいかない。でも愛嬌のある顔をしてた。魚顔ではないし、あれは何顔と言うのか。まさに鳥顔か。いや、でも。鳥顔と愛嬌のある顔はちがうか。

竹の葉が揺れる。竹らしく、上のほう、高いとこで揺れる。気のせいなのか、本当にそうなのか、竹の稈そのものが揺れてるように感じられる。

竹はしなる。柔軟性がある。たぶん、おれにはないものだ。

でもおれ、昔から竹は好き。松木のことが好きなような感じで、竹のことも好き。松も竹も好きってことだ。じゃ、梅はどうか。好き。梅風味のものは何でも好き。

木は、いい。こうやって眺めてるだけで、何か落ちつく。カフェやバーでも、テーブルやイスは木のほうがいい。考えたら、おれがひいきにするのはたいていそんな店だ。

でもそういえば。竹は、木なのか？

立ち止まり、スマホで調べてみる。

イネ科だが、草のような性質も木のような性質もあるとのことで、意見が分かれてるらしい。おれの実感としては、こうだ。草じゃねえだろ、とは思うが、木とも言いきれない。まあ、木のように扱っちゃう感じはある。と。

ギターを弾けたぐらいだから、昔から手先は器用だった。球技なんかはダメだったが、あれで求められるのは、手というよりは腕全体の動き。手の先、まさに手先は器用だった。

だからおれは木工も得意だった。よくギターそのものも自分でいじった。ピックアップを替えるだけでなく、ネックを替えたりもした。あれこれやり過ぎてボロボロになったので、そのギターは捨ててしまった。

それが初代。中学のときに親父と母ちゃんに買ってもらったギターだ。安物だったので、逆にいじりやすかった。格好の実験台になった。

ボディを削ったりもした。最終的にはそのボディも替えた。そうなると、もとがない。ピックアップもネックもボディも替えてるんだから、もう完全に別のギターだ。だから捨てるのも抵抗がなかった。親父と母ちゃんに悪いな、とそんなには思わなくてすんだ。

今日売ったのは、どこもいじってないギターだ。結局、いじり過ぎてもいいことはない。むしろマイナスが出てしまうことのほうが多いとわかった。なので、そのテレキャスターはいじらなかった。そもそもの音が充分気に入ってもいたのだ。もしいじってたら、査定額はさらに下がってたかもしれない。場合によっては、買取不可になってたかもしれない。

スマホをパンツのポケットに戻して、歩きだす。竹林散歩、再開。

木工。中学の技術・家庭の技術の時間に本棚をつくらされたことがあった。

生徒一人に一枚、長い木の板が与えられた。それをいくつかに切って組み合わせ、本棚をつくる。そんな課題が出された。仕上がりの形は自由。自分で決める。木工の技術だけでなく、創造性も求められる。いい課題だ。

おれの本棚は、かなりよかった。上から叩いても横から叩いてもびくともしない、頑丈（がんじょう）かつコンパクトなそれに仕上がった。教師にもほめられた。伊勢は将来大工さんになれるな、と言われた。おれは密かに鼻で笑った。ならねえよ、と思った。だって、ギタリストになるんだからな、と。

そんなだったので、技術・家庭の成績はよかった。意外にも音楽は3だったが、そっちは5だった。ちなみに、体育も3だ。おれの体育と音楽が同じってことはないだろ、と教師には文句を言いたい。

当時はそんなに意識してなかったが、木工自体、好きだった。今もそれは変わってない。現にこうして竹林を歩きながら、竹細工（たけざいく）はちょっとやってみたいかもな、と思ってる。

そこで、考えてみる。

大工は無理だ。なりたいとも思わない。が。家具職人なら、なりたいかもな。家具に限らない。それこそカフェやバーに置くテーブルやイスをつくれたら、いい。そういうのを仕事にできたら、それはマジでいい。

おそらくはすずめであろう鳥のさえずりに送られて、おれはすずめのお宿緑地公園をあとにする。

竹林のおかげで、少しは気分が変わった。持ち直した。ナイス、竹。ナイス、木洩れ日。ナイス、すずめ。ナイス、鳥。

これでもう帰れる。というわけで、アパートに向かって歩く。

昼カラオケ始めてみませんか？　のあの定食屋、扇屋食堂から女が出てくる。

おれよりちょっと上ぐらいの茶髪の女。エプロンを着けてるから、店員なのだろう。若いが風格がある。店主っぽい。だとすれば。やってるのはおばあちゃんでもおじいちゃんでもなかったのだ。

　で、気づく。もとの立て看板が出てる。ランチメニューが書かれてたあれだ。店主っぽい女は、その立て看板と暖簾（のれん）を下げに出てきたらしい。

　で、さらに気づく。Ａ５ランク黒毛和牛ステーキ三千九百八十円。の紙がはがされてる。昼カラオケ始めてみませんか？　の紙もはがされてる。

　店の前を通り際、女とばっちり目が合う。立ち止まり、つい言ってしまう。

「カラオケ」

「はい？」

「やめちゃったんですか？」

「あぁ、はい。始めてみたら予想外に音が大きくて、かなり外に洩れちゃって。これじゃご近所から苦情が来ちゃうなと思って。無理だなと」

　つまり、見切り発車だったわけだ。

　ついでにこれも訊いてしまう。

「あと」

「はい」

「ステーキも、やめちゃったんですか？　黒毛和牛とかの」

「そうですね。やめました。起死回生、と思ったんですけど、逆効果でした。お客さん、減る減る。黒毛和牛、余る余る。だからもとに戻しました。やっと、味で勝負することにしました」

「やっと」

「はい。おばあちゃんがやめるっていうから孫のわたしが店を引き継いだんですけど、なかなかおばあちゃんの味を出せなくて。まあ、出せないも何も、レシピとかをちゃんと聞こうとしてなかったんですけど。でも心を入れ替えました。ちゃんと聞きます。勉強します。だから、もしよかったら、来てください」

　おれは暖簾を見て言う。

「扇屋さん、ですか」

「はい。名字が扇屋なんで」

「あ、だから扇屋食堂さんなんですか」

「そうです。鈴木食堂とか山田食堂とかみたいなもんです。名字が扇屋なら、そうするしかないってことで」

「今日はもう終わりですか？　ランチは」

「そう、ですね。でもものによってはだいじょうぶ。何がいいですか？」

「煮込みハンバーグが、前から気になってたんですよ」

「おぉ。よりによって一番不得意なそれ」

「だったらほかのでも」

「いえ、がんばります。がんばって煮込みます。あ、でも不得意と言われた時点で、なしですよね？」

「いえ、それでいきます。いいですよね？」

「わたしはいいですけど。いいんですか？」

「いいです。ぜひ」

こうしておれは新たな一歩を踏み出す。というか、踏み入れる。まずは定食屋に。

心のなかで言う。

そんなにまずい煮込みハンバーグなんて、ないだろ。

うたう　明確に主張する　堀岡知哉　B

　窓を開け、サンダルを履いてバルコニーに出る。

　サンダルは、ビーチサンダルだ。去年、里奈と房総の海に行ったときに買った。玄関には普通のサンダルがあるので、こちらはバルコニー用としてつかっている。前は玄関からわざわざ普通のサンダルを持ってきて履いていたから、これがあるととても便利だ。

　手すりに両手を当てて、外を見る。

　八階だが、景色は悪くない。数百メートル先の荒川が見える。そこまでのあいだにあるのは戸建て住宅がほとんど。高い建物はないから、遮られることなく、川を見られるのだ。

　これはいい、といつも思うことを今日もまた思う。タワーでも何でもないマンションなのに贅沢だな、と。

　右隣では、先に出ていた里奈が、その景色を眺めながらたばこを吸っている。

「おはよう」とぼくが言う。

「おはよう」と里奈も言う。「といっても、そんなに早くないけどね」

「いや、平日の朝八時は早いでしょ」

「まあ、そうか」

「電車はまだ混んでるだろうし」

「うん。少し空きはじめるころかな」

東向きなので、見えるのは荒川。反対の西側には、やはり数百メートル先に隅田川がある。ぼくらが今いるここ、荒川と隅田川のあいだの陸地は、たぶん、幅一キロもない。そんな場所なのだ、墨田区のこの鐘ケ淵の辺りは。

荒川から右隣の里奈へ目を移す。

すぐ隣。ぼくの右肩と里奈の左肩は二十センチぐらいしか離れていない。くっついてもいいのだが、それも何なので、あとから来たぼくがその距離を選択した。

しばし里奈の横顔を見る。寝起きで髪は少し乱れているすっぴんの顔だ。二十九歳の女性。そのすっぴん顔は、まあ、カノジョか妻のそれしか見られない。里奈は後者だ。妻。

視線を感じたのか、こちらを見ずに里奈が言う。

「何?」

「うまそうに吸うよね。たばこ」

「うん。うまい。朝の一服、寝起きの一服は、本当にうまい」

「わかるような気がするよ」

「トモは吸わないのに?」

「里奈を見てれば、そうなんだろうなって思う」

「わたし、そんなにうまそうに吸っちゃってる？」

「吸っちゃってる。でもさ」

「うん」

「たばこを吸う人って、いつもそれを言うよね」

「ん？」

「寝起き以外にも、仕事のあとの一服はうまいとか、コーヒーを飲むときの一服はうまいとか、お酒を飲むときの一服はうまいとか。何々するときの一服はまずいって、聞いたことないよ」

「結局、いつ吸ってもうまいのよ」と里奈が笑う。「自分が体調を崩してるとき以外はうまいかな」

「体調を崩してるときは、さすがにダメなんだ？」

「うん。ノドがすごく痛いとか、そういうときはね」

「あぁ」

「でも吸っちゃうけどね」

「吸っちゃうの？」

「吸っちゃう。吸いたくはなっちゃうから」

「まあ、禁煙が簡単にできないことから考えても、そうなんだろうね」

里奈がふうぅっと煙をゆっくり吐き出す。それは空に吸いこまれるように消えていく。

たかが八階でも、空、と感じる。外というよりは空だ。やはり近くに高い建物がないからそうなるのかもしれない。

「ごめんね」と里奈が言う。

「何が?」

「吸っちゃって」

「あぁ。いいよ」

「妻にたばこを吸っていいと言ってくれるダンナ。最高」

「大げさだよ」

「大げさじゃない。そんな人、いないよ」

「いるでしょ」

「自分も吸うダンナならいいって言うだろうけど、吸わないダンナなら言わないんじゃないかな。たぶん、やめてくれって言うよね。いや。自分は吸うのに妻には吸うなって言うダンナもいるか」

「それは、ずるいね」少し考えて、こう続ける。「でも。自分が吸わないとしても、だからって妻に吸うなと言うのもずるいか」

「どうして?」

「自分は好きじゃないからたまたま吸わないだけなのに、それを利用して妻にも吸わせないのはずるいよ。だから、結局ずるいんだね、男は。自分を中心に考えちゃう。ほぼ無意識にそうしちゃう」

里奈はまた煙をゆっくり吐いて、言う。

「トモさぁ」

「ん？」

「そんなこと、ほかの女の人の前で言っちゃダメだよ」

「何で？」

「モテちゃうから」

それには笑ってこう返す。

「モテないよ。イケメンがそう言ったらモテるかもしれないけど、ぼくはイケメンじゃないからだいじょうぶ。そんなことを言ったら、逆に気持ち悪がられるかも。女性に好かれるために言ってると思われて」

「トモに言われてそうとる女はいないよ。トモはそんなにヌラヌラしてない」

「ヌラヌラって」

「女の気を引くためにそんな話を持ちだす男は、わかるよ。もうね、言った途端に空気がヌラヌラするから。でね」

「うん」

「イケメンじゃないって言ったけど。そんなことない。トモはイケメンだよ」

「まさか。イケメンじゃないよ」

「いや、イケメン。男が十人いたら四番手ぐらいには来るイケメン」

「四番手は、イケメン？」

「イケメンでしょ。だって、上位だし」

「上位っていうのは、この場合、せいぜい三番手までじゃない？」

「だとしても、その次点なんだからイケメンでしょ。イケメン気味でしょ」

「イケメン気味は、もうイケメンじゃないよね」

「しくじった」と里奈が笑う。「三番手って言えばよかった。言っちゃえばいいのよね、妻なんだから」

それを聞いて、ぼくも笑う。里奈はこういうところがおもしろい。自分であれこれ考えて、ちゃんと結論を出せる。それが自分に不利な結論でも。

「でもそろそろやめるね、たばこ」

「何で？　別にやめなくていいけど」

「いや、やめる。健康のために」

「あぁ。そういうことなら、まあ」

「歓迎？」

「うん。歓迎」

「自分の健康と、トモの健康のため」

「吸うときはこうやって外に出てくれるからぼくはだいじょうぶだと思うけど、里奈自身の健康のために、やめたほうがいいかもね」

「でも何よりもまずは、子どもの健康のため」

「え？」

「わたし、来年はもう三十。そろそろ考えるべきだよね。トモと結婚もしたんだし」

「あぁ」

「自分の親にも、トモのお父さんとお母さんにも、孫の顔は早く見せたいし」

「もしかして。ぼくの親が、何かプレッシャーをかけたりした？」

「まさか。そんなことないよ」

「でもたまに母親が電話かけてくるよね、里奈に」

「ほんとにたまにね。半年に一回ぐらいだよ。お義母さんも気をつかってくれてるんだと思う。三ヵ月に一回じゃ多いし、年に一回じゃ少ない。それで半年に一回になってるんじゃないかな。で、そんなときに子どもの話なんてしないよ。それとなく匂わせるようなこともしない。こないだはさ、わたしから言っちゃった。子どもがまだですいませんて」

「そうなの？」

「うん。そしたらお義母さんが驚いて、あ、ごめんなさい、そんなつもりでかけてるわけじゃないのよって。そこでもやっぱり、しくじった、と思ったよ。わたし自身、軽～い気持ちで言っただけだから。お義母さん、もう電話をかけてくれなくなったらどうしよう」

「だいじょうぶ。それはないと思うよ。ほんとに里奈の声を聞きたいだけだろうから。実は娘がほしかったとか、たまにぼくに言うしね」

「言うの？」

「うん」

「それ、つくってない？」

「つくってないよ。今度訊いてみて。トモがそう言ってましたけどって」

「訊けないよ。わたしがそんなこと訊いたらヤラしいじゃない。わたしがその娘代わりですよ〜って言ってるみたいで。って、まあ、それはいい。子どもよ。わたしたちの子ども」

「あぁ。うん」

「わたしは、ほしいなって、最近思うようになった。ほら、保育園とかのお散歩カーってあるじゃない。大きめの手押し車みたいなの」

「子どもたちが何人か乗って、保育士さんが押してるあれ？」

「そう。ああいうのに乗せられてる子たちを見て、かわいいなぁって思うようになった。宅配便の荷物みたいに扱われてるあの感じが逆にかわいいなって」

「宅配便」と笑う。

「あれだとさ、子どもたちをまとめて見られるのよ。おそろいの帽子をかぶせられて、ギャーギャーピーピー言って。かわいくてたまらない」

「ギャーギャーピーピーは、悪口だよね」

「でもかわいいじゃない。あのギャーギャーピーピーを一つ一つ聞くと、おもしろいのよ。みんな、ちゃんと何かしら主張してんの。ノドかわいたとかお腹空いたとか、車が来たとか鳥が飛んでるとか」

「ノドかわいたはともかく、車が来たは、主張？」

「とにかく何かを伝えたいのよ、子どもは。で、わたしは、その伝えたいと思われる側になりたいなぁって、思った」

いきなりのその言葉には、ちょっとグッと来た。うわぁ、と思ってしまった。妻よ、と。

里奈は雑貨販売会社の社員。今は上野の店にいる。ここ鐘ケ淵から東武伊勢崎線で北千住に行き、そこからは東京メトロ日比谷線で上野へ。と、そんなルートで通っている。乗り換えは一度あるが、それでもドア・トゥ・ドアで三十分もかからない。

今はマネージャーという肩書だ。ちっとも偉くはないと里奈は言うが、チーフよりは上らしい。店員さんの指導みたいなこともするらしい。

里奈は今の仕事が好きだ。会社そのものが好きだ。自分でもそう言っている。お客さんが売場で商品を手にとってくれるのを見るだけでうれしくなる。そうも言っている。つまるところ、人が好きなのだと思う。だから売場も好きで、お散歩カーも好きなのだ。人が集まるから。

昨日も帰りは遅かった。閉店後に売場をいじっていたそうだ。店長さんと二人、少しでも売上がよくなるようにと、あれこれ検討していたそうだ。その後、食事を兼ねてお酒を飲んだときも、ずっと仕事の話をしていたという。店長さんに真っ向から反対意見をぶつけたりもしていたという。

ちなみに、店長さんは妻子持ちだ。仕事を終えたあとに飲みに行くことはよくある。昨日のように二人で行くことも結構ある。

里奈はぼくにこう言っている。あの店長とダブル不倫みたいなことには絶対ならないから安心して。店長は奥さんをこわがってるから、そんなことは絶対にできない。わたしはトモをこわがってないけど、そんなことは絶対にしない。

その奥さんは、店長さんが里奈と飲みに行ってもいいの？　ぼくがそう尋ねたら、里奈はこう答えた。うん。店によく買物に来るからわたしのことも知ってるの。ウチのの面倒を見てあげてねって、わたし、頼まれてる。

そんなだから、ぼくは店長さんの名前まで、里奈に聞いて知っている。外谷定臣さん、だ。そとやさんではなく、とやさん。

荒川を眺めながら、里奈が言う。

「トモはほしくない？　子ども」

「ほしくないことは、ないかな」

「わかりづらい。それは、何、ほしいってこと？　そうでもないってこと？」

「ほしいことはほしいよ。というか、ほしい。でも」

「でも？」

「ぼくはこんなだし」

「こんなっていうのは？」

「バイトだし」

「それは別にいいよ」

「よくは、ないでしょ」

「いや、いい。ほんとに、いい」

ぼくは今、バーでアルバイトをしている。バーテンダーとまではいかない。バーテンダー補助、という感じ。もうかなり長くやっている。フルでやるようになってからは二年だが、アルバイトを始めたのは六年以上前だ。

「トモはさ、もう音楽をやらないの？」

「やらないね」

「でも今もアルバイトのままでいるのは、未練があるからなんじゃない？」

「そうじゃないよ。バーの仕事が好きだから、だね。って、そんなこと言っちゃいけないんだけど」

「別にいけなくはないよ」

「いや、いけないでしょ」

「どこかの会社の正社員にならなきゃいけないってこと？」

「まあ、そうかな」

「正社員のわたしが言うのも何だけど。正社員て、そんなに価値があるのかな」

「ある、よね」

「でも正社員もリストラに遭ったりはするじゃない。会社がつぶれることだってあるし。派遣とかアルバイトとかの人よりちょっとは切られにくいだけなんじゃない？」

「そのちょっとが大事なんでしょ。そのちょっとを得るために、大学生はみんな三ヵ月から半年をかけて就活をするわけだし」

「なのに三年以内に三割がやめたりもするけどね」

「それは、まあ、自分の意思でだからね」

「わたしはさ、未練があるよ」

「ん？」

「音楽に。トモのベースに」

「あぁ」

「やっぱり好きだもん。トモのベース。トモと会ってなかったらさ、わたし、たぶん、いまだにベースって楽器の役割を知らないよ。ヴォーカルとギターの陰に隠れた存在。といって、ドラムほどの派手さもない地味な存在。そう思ってたはず」

「まあ、その見方も、外れではないしね」

「でも知れてよかったよ。まさかベーシストと結婚までするとは思わなかったけど。してよかった」

「もうベーシストではないよ。プロにもなれなかったし」

「関係ないよ。ベースを弾けるんだから、ベーシストでしょ」

「まだ弾けるかなぁ」

「そう簡単に忘れないでしょ。免許を持ってる人が何年か車に乗らなかったとしても、運転できなくはならないし」

「うーん」

「子どもがほしいと言ったあとにこう言うのも何だけど。トモはあせんなくていいよ。仮に子どもが生まれたとしてね。育休中に会社からお給料は出ないけど、代わりに雇用保険から育児休業給付金は出るから。貯金だって、ここ何年かで少しはしたし」

「でも」

「未練があるなら、トモはまた音楽をやればいいよ」

「いや、だから未練は」

「ない？　まったくない？」

考える。里奈にうそはつきたくないので、真剣に考えてみる。

言う。

「まったくなくは、ないかな。音楽自体は好きだし」

「トモはやりたいことをやんな。わたしより二歳下。うらやましいことに、二十代があと三年あるんだし。うん。だから、そう、三十になるまでは好きなことをやんなよ。わたしはそれでいい。というか、そうしてほしい。心配しなくていいよ。お金はわたしが稼ぐから」そして里奈は言う。「って、これ、偉そう？」

「偉そうじゃないよ。ダンナにそんなことを言ってくれる妻。最高」

「おぉ。うれしい。でもそうだよね。役者とかバンドマンとかと付き合うのはやめとけってよく言うし。実際そうだとわたしも思うし」

「ごめん」

「トモは例外だよ。バンドマンぽくない。ギターの伊勢くんは見事にバンドマンぽかったけど、トモはちがうよ」

「そう言ってもらえると、ぼくもうれしいよ。ダンナにそんなことを言って喜ばせてくれる妻。やっぱり最高」

「というこれはもう、カレシとカノジョならキスしちゃうパターンだね。平日の朝から自宅のバルコニーでキスする夫婦はバカっぽいからしないけど」

実際、キスをしたくなる。バカっぽいと言われてしまったし、どこから見られているかわからないので、我慢するが。

堀岡里奈。彼女がぼくの妻であってくれて、本当にうれしい。

旧姓梅尾(うめお)、ぼくと結婚して堀岡になった。オカリナさん、と後輩社員から呼ばれることもあるらしい。

オカリナは笛。楽器だ。小さなガチョウ、という意味らしい。確かに、現物は小鳥みたいでかわいらしい。吹くときは、両手で持って吹く。おにぎりを食べているような感じになる。

堀岡さんではなく、オカリナさんと呼ばれる先輩。妻。いい。

ぼくの実家は栃木県の足利市にある。

最寄駅の名も、足利市。市が付く。ＪＲだと足利だが、東武だと足利市。

足利市駅と足利駅のあいだには渡良瀬川が流れている。両駅は少し離れている。だから同じ駅名にはできなかったのかもしれない。

ぼくの家は東武側だ。足利市駅側。その駅から徒歩五分。近い。足利駅までだと、二十分弱。高校への通学にはそちらをつかっていた。

足利市は、東京にくらべれば田舎だ。市の北部は足尾山地。山だらけというか、緑だらけ。ダムもある。松田川ダム。比較的新しい。ぼくと同い歳だ。そこまでは車で三十分。展望台やキャンプ場もあるので、何度か遊びに行った。

ぼくがベースを始めたのは、中学二年生のときだ。

仲間うちでバンドやろうぜ、となり、まずヴォーカルとギターがとられ、次いでドラムもとられ、ベースが残った。結果、ぼくがやることになった。

と言ってしまうと消極的にも感じられるが。そうなったのにはもう一つ理由がある。隣の佐野市に住む従兄の達行くんからタダでベースをもらえることになったのだ。

達行くんはぼくより四歳上。そのときはもう高校三年生で、ベースはやらなくなっていた。受験生だからやらない、ということではない。ギターに転向したのだ。だから知哉くんがベースをやるならあげるよ、と言ってくれた。喜んで、もらった。

初めてベースを弾いたときの感想は、重い、だった。

そう。エレキギターも重いが、エレキベースはさらに重いのだ。ボディも大きいし、ネックも長い。当時はまだ中学生。ぼく自身の体が小さかったので、余計に大きく、重く感じられた。

ネックが長い分、弾くのも大変だった。弦は四本。ギターより二本少ないが、一本一本が太い。指で押さえるのに力が要る。だからギターほど速くは弾けない。それでもプロのベーシストのなかには、ギターばりに速く弾く人もいるが。

大変は大変。でもやってみたら楽しかった。ベースにしてよかった、とすぐに思った。

ベースの場合、和音はあまり弾かない。ほぼ単音。それでベースラインを奏でる。ヴォーカルのメロディラインとはまたちがうベースライン。底のほうから、低い音で曲を支える。

ドラムとのコンビネーションも大事。二人が好き勝手にやってはダメ。外すところは外してもいいが、要所では合わせなければならない。ドラムとベースがうまく嚙み合って初めて、心地よいリズムが生まれるのだ。そこにギターやヴォーカルが乗ることで、演奏は仕上がる。整う。

そういうことが肌感覚でわかったのは、始めて二、三年後。高校生になってからだ。

中学では、バンドを組んだと言えるほどまではいかなかった。スタジオに入って何度か練習をしたが、合わせたというよりは、それぞれが音を出しただけ。ミキサーや大型アンプなどの機材をいじることを楽しんだ、という感じだった。

中学から高校にかけて、音楽はいろいろ聞いた。二〇〇〇年代、一九九〇年代、と遡り、一九八〇年代、一九七〇年代まで行った。その先、一九六〇年代まで行くとロックのベースは単調なものになってしまうが、一九七〇年代ならもう今とそんなには変わらなかった。

そのころの音楽はアイデアに満ちていた。最初のアイデア、生まれたてのアイデア。それらはシンプルで、むき出しだった。録音状態はよくなくても、音自体にエネルギーがあった。ロックがまだ新しいものだったからかもしれない。

ぼくは、アメリカのハードロックバンド、マウンテンのフェリックス・パパラルディが好きになった。

決して派手なベーシストではない。テクニカルなことはやらない。でもすごくいいベースラインをつくれた。プロデューサーとしての仕事もしていたらしく、曲全体を見られる人、という印象があった。

バンドは、高校でやっと組むことができた。

ぼくが進んだ高校に軽音楽部はなかったので、自分でメンバーを探した。まあ、バンドをやりたい人は一定数いるから、それはすぐに見つかった。中学のときと同じ。ヴォーカルとギターとベースとドラム。その四人でバンドを組んだ。

やったのは日本のバンドのコピー。曲はリーダーのヴォーカルが決めた。要するに、自分がうたいたい曲だ。

ぼくもそれでよかった。とにかくバンドで演奏することが最優先。マウンテンをやろう、などと無謀なことを言ったりはしなかった。言ったところで、知らないからやらない、と言われて終わりだっただろうが。

有志としての活動ではありながら、三年生のときには文化祭でライヴをやることができた。しかも体育館でやれた。

持ち時間は二十分。演奏したのは四曲。やはりすべてコピー。日本の四つのバンドの曲を一つずつやった。完全にウケ狙いだ。節操がないことは承知のうえで、有名な曲ばかりを選んだ。

実際にどうだったかと言えば。期待したほどはウケなかった。高校の文化祭ライヴはそんなものだ。興味がない人たちからは、案外冷ややかな目で見られたりもする。

では演奏そのものはどうだったかと言えば。そう悪くはなかった。ぼく自身、ウケるウケないはどうでもよかったので、ベースは好きなように弾いた。ベースラインはすべて、自分でつくったものに変えた。お客さんどころかバンドのメンバーすら気づいていなかったはずだが。

当時、ぼくにはカノジョがいた。今坂（いまさか）ひなた。一年生のときにクラスが同じだった女子だ。

ひなたは東武の足利市側ではなく、ＪＲの足利側に住んでいた。小学校や中学校はちがったが、高校へは、同じ足利駅からＪＲ両毛（りょうもう）線で通学していた。だから行き帰りの電車でほぼ毎日一緒になった。本数が少ないので、どうしてもそうなるのだ。

とはいえ、一年生のときはあまり話さなかった。同じ車両に乗り合わせても、わざわざ近寄ったりはしなかった。むしろ二年生でクラスが別になってから、話すようになった。それこそ、クラス、別になっちゃったね、から始まり、お互い、相手のクラスのことを尋ねたりした。

そしてひなたがわざわざ足利市側にハンバーガーを食べに来たりもした結果、付き合うことになった。付き合って、とひなたが言い、うん、とぼくが言って。

ひなたはぼくがバンドをやっていることを知っていた。どうやらそこに惹かれてくれたらしい。

でもそれでいて、音楽そのものにはあまり興味がなかった。何でギターじゃないの？　という無邪気な質問をぼくにぶつけてきたりした。全員がギターってわけにはいかないよね。ぼくがそう答えたら、今度はこう尋ねてきた。全員がギターってわけにはいかないの？　それにはこう答えるしかなかった。いかない、よね。

スタジオの練習を見に来るようなことはなかったが、ひなたも文化祭のライヴは観に来た。観たうえで、出番を終えたぼくに言った。

「ベースって、何やるの？」

「え？　いや、聞いてたよね」

「聞いてたけど、よくわかんない。ギターはわかるし、ドラムもわかるし、もちろん、ヴォーカルもわかるけど、ベースはわかんない。わかんなかった」

「あぁ。えーと、実際に聞いてわかんなかったものを言葉で説明するのは難しいな」

「堀岡くん、ほんとに弾いてた？」

「弾いてたよ」

「音、出してた？」

「出してたよ」

というそれが原因なわけではまったくないが。ひなたとは、その後すぐに別れてしまった。ぼくがフラれたのだ。今になれば何でもないが、よく考えれば無残なフラれ方だった。

まず、ひなたに好きな相手ができた。

ソフトテニス部の二見夏男（ふたみなつお）くん。名前のイメージどおりに明るい人だ。明るいだけ。決して暑苦しい人ではない。

二見くんは周りのみんなから、夏男、と下の名前で呼ばれていた。男子からも女子からもだ。確か後輩からも、夏男先輩、と呼ばれていた。そんなに親しくない人でも夏男と呼べる、呼んでいい感じが、二見くん自身にあるのだ。

だからぼくまでもがそう呼んでいた。直接呼ぶことはなかったが、本人がいないところで二見くんの話題になったときには、ほかの人たちに合わせて夏男と呼んだ。実際、いいほうの意味でよく話題に上る人だったのだ。

二見くん。自身がバンドをやっていたわけではないが、文化祭ライヴのときには、何人かで客席の前に出て踊ってくれたりした。お客さんたちに手拍子（てびょうし）を促（うなが）してくれたりもした。ライヴのあとも、ほとんどしゃべったことがないぼくに、すごくよかったよ、と直接言ってくれた。掛け値なしにいい人なのだ。いい人というか、気持ちのいい人、だ。

その文化祭が終わって一ヵ月が過ぎたころ。廊下で二見くんにいきなり声をかけられた。

「堀岡くん、ちょっといい？」

「ん？　あ、うん」

二人で階段のわきに行った。

そんなことは初めて。何だろう、と思ったら、こうだった。

「ごめん。おれ、知らなくて」

「何？」

「堀岡くんがひなた、というか今坂さんと付き合ってるのを知らなくてさ。だから声をかけちゃったんだよね」

「声を」

「うん」

「かけたの？」

「うん。付き合ってほしいって」

「あぁ。そうなんだ」

「あれっ。知らなかった？」

「うん。知らなかった」

「ひなたが、というか今坂さんがもう言ってるのかと思ってた」

「言ってない、かな」

「そうなのか」

「それで、今坂さんは？」

「いいよって。だからもう付き合っちゃってる。あとから聞いたんだよ、堀岡くんと付き合ってたって」

「今坂さんに？」

「じゃなくて。その友だちに。ほんと、ごめん。知ってたら声をかけなかったんだけど」

驚いたが、それだけ。怒りのようなものはなかった。あぁ、そうか、と思っただけ。ぼくはむしろそのことに驚いた。そうか、としか思わなかったことに。

「だいじょうぶ」とぼくは言った。「もう別れてたみたいなものだったから。少なくとも、今坂さんはそのつもりでいたんだと思うよ。最近は、行き帰りの電車も、乗るのはちがう車両だったし。それに、今坂さんが付き合うって言ったんでしょ？」

「まあ、うん」

「じゃあ、いいでしょ。ぼくのことは気にしてくれなくていいよ」

「いや、でも」

「ほんと、だいじょうぶ。何か、こっちこそ、ごめん。変なことで気をつかわせちゃって」

「気をつかってはいないよ。悪いことをしたと思っただけで。昨日それを知ってさ、やっぱ堀岡くんには言わなきゃダメだとも思ったんだよね」

「今坂さんは、何か言ってた？」

「いや、今日はまだ会ってないから」

「じゃあ、ぼくのことは何も言わなくていいよ。こんなふうに、二見くんがぼくに声をかけてくれたことも。言われたら、今坂さんもちょっといやだろうし。二見くんもいやでしょ、そんなことを言うのは」

「いやではないけど」

「ほんと、気にしないで。ぼくは何とも思ってないから」

と、そんなようなことを話して、別れた。

二見くん、やはり気持ちのいい人だな、と思った。だから好かれるのだ。付き合ってほしいと言われ、ひなたが断らなかったのもわかる。夏男にそう言われたら、断れない。

結局、ぼくは見事にフラれたわけだが。何故かそんなに悲しくはなかった。何故も何もない。わかっている。要するに、ぼくらはちゃんと付き合っていなかったのだ。ぼくらはというか、ぼくは。

例えば。ひなたにベースのことを説明したりしなかった。何でギターじゃないの？　と訊かれたときもしなかったし、文化祭ライヴのあと、ベースって、何やるの？　と訊かれたときもやはりしなかった。してもわからないだろうと、勝手に思ってしまって。

ベースはぼく自身が好きなものなのだから、ちゃんと説明するべきだったのだ。ひなたにも好きになってもらえるよう、努力をするべきだったのだ。付き合っているのなら。カレシカノジョであるのなら。

というわけで、傷心なき失恋を高校で経験したぼくは、大学へと進んだ。東京の私大だ。

足利市からは東武伊勢崎線で浅草（あさくさ）に出られる。でも途中、館林（たてばやし）や久喜（くき）で乗り換えたりするので、二時間以上かかる。特急りょうもうでも一時間二十分。さすがに通えない。というか、通うのはつらい。

だからアパートを借りることにした。両親の意見も聞いて、あれこれ検討した。特急りょうも停まる北千住と迷ったが、五駅浅草寄りの曳舟（ひきふね）に決めた。そこなら、大学がある神保町へも乗り換えなしで行けたからだ。

その大学でやっと、ぼくはちゃんとしたバンドを組めた。カニザノビー、だ。

やはりヴォーカルとギターとベースとドラムの四人。それは中学高校と同じ。

ただ、初めて女性がいた。ヴォーカルの古井絹枝だ。あとの二人は、ギターの伊勢航治郎とドラムの永田正道。

皆、同じ経済学部で同学年。古井さんとは語学のクラスも同じ。だから、まずはクラスメイトとして知り合った。そこで音楽の話をしたりして、一緒に軽音サークルに入った。そして結局はバンドも組んだ。

リーダーは伊勢くん。はっきり決めたわけではないが、自然とそうなった。

やる曲はすべて伊勢くんのオリジナル。バンドを組んだときに伊勢くん自身が言った。やるのはオリジナルな。オリジナルのみな。と。伊勢くんは高校生のころからもう曲をつくっていたらしい。

スタジオで初めて音を合わせたときは緊張した。

そこまではまだわからない。ほかの三人がものすごくうまい可能性もあるし、そうでもない可能性もあるのだ。ぼくだけが飛び抜けて下手、という可能性もある。

で、ぼく自身はともかく。ほかの三人がどうだったか。

伊勢くんも古井さんも永田くんもうまかった。高校のバンドとはレベルがちがった。あぁ、当たりだ。当たりを引いた。そう思った。

ドラムの永田くんとの相性がいいことも、その一度の音合わせでわかった。ぼくが望むところでちゃんとバスドラムが鳴ったし、ぼくが望むところでちゃんとスネアドラムも鳴った。ここはあえて外そう、と意図するそのタイミングも同じだった。

永田くんには、常にぼくのベースを聞きながら叩いてくれている感じがあった。それ、ない人は本当にないのだ。

せっかく引いた当たりを逃がさないよう、ぼくもがんばった。すでに毎日弾いていたベースを毎朝毎晩弾いた。すでに硬くなっていた指先に久しぶりにマメができ、それがつぶれた。つぶれたその傷が治ると、指先はさらに硬くなった。木の机を指先で叩いたときにしていたトントンいう音が、コンコンに聞こえるようになった。

ぼくらはスタジオで練習し、ライヴハウスに出た。スタジオは大学近くのそれと決めていたが、ライヴハウスは、渋谷、下北沢、吉祥寺、とエリアを広げていった。そうすることで、コンスタントに出演できるようにした。

といっても、そこはアマチュア。出演しても、お金がもらえるわけではない。その反対。払わされる。チケットノルマを課される。

ただでさえ、ぼくは仕送りをもらっている身。生活費に加えてスタジオ代にライヴ代。いろいろとお金がかかるので、アルバイトもした。

一年生のときは、神保町駅の近くのコンビニでやった。

そして大学二年の途中からは、バーでやるようになった。具体的には、十一月の終わりから。ぼくの誕生日は十一月二十三日、勤労感謝の日。二十歳になったからそういうところでもいいか、と思ったのだ。

曳舟のアパートから歩いて五分で行ける店、バー『インサイド』。終電後まで働いても歩いて帰れるから都合がよかった。交通費を出さなくてすむからウチにとっても都合がいいよ、とマスターも言ってくれた。

そのウチはダジャレにもなっている。マスターは、内さんなのだ。名字が内。内充高さん。店名の『インサイド』もそこから来ている。内だから、インサイド。

このバー『インサイド』もよかった。バンドを組んだとき同様、当たりだ、と思った。マスターもお客さんもよかった。仕事を楽しくやれた。バイトに付加価値が出た。

そんなわけで、大学での優先順位は、バンド、バイト、授業、の順になった。AだのBだのの成績はどうでもいいから、とにかく単位を落とさないこと。学業に関してはそれだけを考えた。

伊勢くんのオリジナル曲は、どれもよかった。

そこに自分でベースラインを付けるのは楽しかった。コピーとちがってお手本がないからその意味では難しくもあったが、代わりに自由度は高かった。簡単にしようと思えばいくらでもそうできたし、難しくしようと思えば、自身の演奏技術の範囲でこれまたいくらでもそうできた。そのなかでベストなものを探るのだ。簡単とか難しいとか、そのあたりはあまり考えなかった。曲を最も引き立たせるもの。それを第一にした。

じきに、トモも曲つくれよ、と伊勢くんに言われた。

それは前から考えていた。たぶん、つくれることはつくれる。が、いいものにはならないような気がした。ぼくも、曲に合うベースラインをつくることはできる。でも曲そのものはつくれない。少なくとも、伊勢くんのようにはやれない。ぼくにその才はない。それは何となくわかっていた。

そこで。また別の試みとして。カバーやんない？　と伊勢くんに言ってみた。

曲は、マウンテンの『ヤスガーの農場』。農場の曲でも農業の曲でもない。ロックフェスとして有名なウッドストック・フェスティバルがそこでおこなわれた。ヤスガーという人が持つ農場でそれが開催されたのだ。だからといって、ヤスガーの農場についてうたわれているわけではないし、フェスについてうたわれているわけでもない。ただそれをタイトルにしました、という感じ。

とても好きな曲だ。マウンテンのなかで一番好き。レスリー・ウェストのヴォーカルとギターもいいし、フェリックス・パパラルディのベースもいい。三分半ぐらいの曲だが、いいものが詰まっている。タイトにまとまっている。

そのカバーをやろうと提案してみたのだ。コピーではなく、カバーと言った。いかにもなごまかしっぽいが、ちゃんと意味はある。ぼく自身、コピーをやりたいわけではないので。

まず、メロディラインはとてもいい。いじる必要がないぐらい、いい。マウンテンだから、リズムはいい意味で重たい。巨漢レスリー・ウェストのヴォーカルも迫力がある。小さな音で聞いても充分ある。

でもそれをあえて軽快なリズムでやる。やわらかな声を持つ古井さんにうたわせる。そうすることで別の何かが生まれるのではないかと思ったのだ。いや。何度もイメージして、生めると確信したのだ。ぼくらならこの曲をうまく料理できると。

とはいえ、オリジナル以外をやるつもりはない伊勢くんは渋るだろうとも思った。

実際、初めは渋った。が、曲を聞かせると、ギター、カッコいいな、と言った。

これを軽めにやるのはいいね、と古井さんも言った。詞はわたしが日本語で書いちゃうのもありかも。

で、本当にやることになった。あくまでも特例として。有意義なカバーとして。

古井さんも本当に詞を書いた。訳詞を自分なりにアレンジしたのではなく、新たに自分で書いた。

結果、タイトルも変わった。『見てみ』。見てみろよ、見てみなよ、の、見てみ。カニザノビーは曲のタイトルを三音に統一することにしていたので、そうなった。

『ヤスガーの農場』のサビで、レスリー・ウェストが、♪ルカッミ〜♪　とうたう。ルック・アット・ミー、だ。そこを古井さんは、♪見てっみ〜♪　にした。詞の内容はまったくちがうが、そこだけは意味が同じ。わたしを見てみ、ということだ。くだけた話し言葉。でもうたい方はソフト。それがぴたりとハマった。

そして意外だったのが伊勢くんだ。

伊勢くんは、むしろコピーに近い感じでギターを弾いた。レスリー・ウェストのギターが気に入ったらしい。ギターソロも、ほぼそのまま。いいもんはいい、無理に崩す必要はねえだろ、と言っていた。

ぼくもベースをブバブバ弾いた。バックではあるが、パパラルディ以上にブバブバいった。抑えるところでは抑え、動くところでは動きまくった。

伊勢くんの激しめなギターと古井さんのやわらかな声。それがうまく嚙み合った。そもそも、カニザノビーの売りはそこ。それを体現したような演奏になった。そうできた。

バンドはいい感じに進んだ。まさに進んでいる感じ、育っている感じがあった。ぼくらが三年生のときには、バンドコンテストで準グランプリを獲った。

音楽をやれる毎日が楽しかった。そこに上昇していく楽しさが加わった。ぼくらのピークはその一年だったと思う。

そして三年生の終わりに、学生なら避けられないこれが来た。就活だ。避けられないというか、するならする、しないならしないと、はっきり選択しなければならないものだ。

就活は、古井さんだけがした。伊勢くんと永田くんとぼくはしなかった。

伊勢くんはプロを目指すと明言した。永田くんとぼくはそこまでではなかったが、すぐに就職する気もなかった。古井さんも、就職してからもやるつもりはあると言った。

ぼく自身の素直な気持ちはこうだった。プロとしてやれる自信はないが、バンドはもうちょっとやりたい。やったその先にプロがあるのなら、なりたい。なれる可能性があるのなら、なりたい。

ぼくらは大学を卒業した。留年のおそれがあった伊勢くんもどうにか卒業し、古井さんは就職した。バンドの第二章が始まった。

卒業して最初の渋谷でのライヴ。だったと思う。

まだ梅尾だった里奈が観に来た。で、出番を終えて客席をウロウロしていたぼくに声をかけてきた。

「次はいつですか?」

「え?」

「カニザノビーのベースの人ですよね?」

「はい」

「次はいつやりますか?　またここでやりますか?」

「えーと、はい。たぶん」

「いつかはもう決まってますか?」

「いえ、それはまだ」

「そうですか。残念。じゃあ、ここのスケジュールを、注意してよく見ておきますよ」

「あぁ。はい」

というそのやりとりをすぐそばで聞いていた伊勢くんが言った。

「いや、トモ。ＬＩＮＥのＩＤを教えてやれよ。そのほうが早いだろ」

「え？　あぁ。うん」

「いいですか？　教えてもらっても」と里奈。

「あ、はい」とぼく。「でも、いいんですか？　ぼくもそちらのを知ることになっちゃいますけど」

「ぜひ」

ということで、ＬＩＮＥのＩＤを交換した。

ライヴの予定が決まると、それをＬＩＮＥのメッセージで伝えた。渋谷ではなく下北沢のライヴハウスになってしまったから伝えないほうがいいかとも思ったのだが、何でだよ、伝えろよ、下北に来てもらえよ、とこれも伊勢くんが言うのでしかたなく伝えた。そうしたら、里奈は本当に下北沢のライヴハウスにも来てくれた。

それからはもう、仕事のいい息抜きになるからと、来られるときは必ず来てくれるようになった。三回めあたりからは、ライヴの告知だけではなく、個人として普通にやりとりをするようにもなった。

そして、ライヴ後に直接、今度飲みに行こうよ、と言われた。

行った。

ライヴでも何でもない日に渋谷で飲んだ。当時は里奈の職場がそこだったので、ぼくが出向いたのだ。

その席で里奈が言ったことは今もはっきり覚えている。これだ。

「子宮にズンと来た。これがベースなんだと思ったよ」

まだ大して酔ってもいなかったのに、里奈はそんなことを言った。一瞬、至急、かと思ったが、子宮、だった。

「生の演奏はいいなと思ったから、ライヴハウスに行くようになったの。最初はやっぱりギターとかドラムとかのほうに耳がいってたんだけど、そのうちベースにいくようになった」

「珍しいね」

「正直に言っちゃうと。この人は何をやってるのかな、と思ったんだね。だから、ベーシストの前に立って、その音ばかり聞くようにしてみたの。それで、あぁ、こういうことなんだって思った。初めから終わりまで一筋の線を引いて曲を成り立たせてるのがベーシストなんだってわかった。ライヴハウスだからわかったんだろうね。全部の音がちゃんと聞こえるから」

ひなたとは正反対。ベースだから評価された。そんなことは初めてだった。

「で、トモのベースを聞いたときに、あ、この人のはいいなって思った。ほかの人たちとはちょっとちがうなって。だからまた聞きたいとも思って。それであのとき声をかけたの」

「そういうことだったのか」

「逆ナンかと思った？」

「そうは思わないけど」

「まあ、少しはそのつもりもあったけどね」

「あったんだ」

「ほんの少しね。微糖の缶コーヒーの砂糖ぐらい少し」

「あれ、微糖と言ってるけど、砂糖、そこそこ入ってるよね。そこそこ甘いよね」

「じゃあ、わたしもそのぐらいだ。少しと言いつつ、逆ナンのつもりもそこそこあった」

それにはちょっと笑った。

「トモってさ、ベースだけど、メロディみたいなのを弾くよね。だからわかりやすかった。で、すごく好き」

というそれは本当にうれしかった。

ベースはわかんない、と高校生のときにひなたに言われてから、ぼくはよりメロディックなベースラインを弾くことを心がけていたのだ。初めてそれに気づいてもらえ、認めてもらえたのだから、うれしい。里奈自身はバンドをやっていたわけではない。楽器を習った経験があるわけでもない。だからこそうれしい。音がちゃんと耳に届いたということなのだ、それは。

このときにぼくは里奈の仕事の話も聞いた。

いい息抜きになると言っていたが。里奈は仕事が嫌いなのではなかった。逆。好きなのだ。好きだから、嫌いにならないよう適度に離れることも大事。里奈はぼくにそう説明した。

自律できる人なのだな、と、ちょっと感心した。いや、かなり感心した。

里奈は東急田園都市線の池尻大橋にあるアパートに住んでいた。そして、バー『インサイド』

に一人でお酒を飲みに来るようになった。

池尻大橋や渋谷から曳舟は遠い。四十分ぐらいかかる。でも一本で行けた。東急田園都市線は、東京メトロ半蔵門線と東武伊勢崎線に乗り入れているのだ。

仕事が休みの日の前夜、里奈は渋谷から四十分かけて曳舟に来た。バー『インサイド』でお酒を三杯ほど飲み、また四十分かけて池尻大橋に帰っていった。

マスターの内さんとも話し、すぐに仲よくなった。

お客さんを増やしてくれてありがとう、と内さんはぼくに言った。渋谷より向こうからわざわざウチに来てくれるお客さんなんていないよ。

確かにそうだと思った。そのとき、ぼくはまだ里奈と付き合っていなかった。里奈がお客さんとして店に来てくれるだけだから、付き合っていなくてもおかしくない。そう思っていた。が。

やっぱりおかしいよな、とそこで気づいた。

渋谷より向こうからわざわざ来てくれる里奈のことを、ぼくは何とも思っていないのか。

そんなわけがない。

里奈が曳舟から池尻大橋に帰り、その後、お客さんを増やしてくれてありがとう、と内さんに言われ、バイトを終えて店からアパートに帰るとき。ぼくは里奈にＬＩＮＥのメッセージを送った。

〈ＬＩＮＥで悪いけど。ぼくと付き合ってください〉

意外にも、反応は速かった。

〈いきなりどうしたの？〉

〈次会うときまで待ちきれなくて、こうしてしまいました。寝てなかった？〉

〈寝てなかった。おフロに入って、出たとこ。飲んだあとだから、シャワーだけ。飲んで熱いお湯に浸かるのはよくないみたいだから〉

〈よくなさそうだね〉

〈で、もちろん、付き合います。うれしい〉

〈よかった。ぼくもうれしいです〉

付き合った。

バー『インサイド』は午前二時まで。たいていは里奈もその時間までいて、ぼくと一緒にアパートに帰るようになった。わずか五分だが、人のいない大通りを歩いて。ぼくと腕を組んで。というか、里奈がぼくの腕をとって。

アパートで、里奈はよく料理をつくってくれた。肉じゃがとかきんぴらごぼうとか、パスタとかオムライスとか。

いつまで待ってもカレーはつくらなかったので、自分から言ってみた。

「カレーを食べたいような気がするんだけど」

「あ、そうなの？」

「うん」

「カレーは、ほら、一晩置いたほうが好きとか言う人が多いから、あえてつくらなかったの。一晩置いたら、わたしはもう帰っちゃってて、一緒に食べられないから」

「ぼくは、つくり立てのカレーのほうが好きなんだよね」

「ほんとに？」

「うん。一晩置くと、具材が持つ旨味とか甘味とかコクとかが増して熟成される、みたいなことらしいけど。ぼくは、じゃがいもとかにんじんとかの硬さがまだ少し残ってて、そこにつくったばかりの尖ったソースが合わさるほうがいい。具材とソースがまだなじみきってないカレーのほうが好き」

それを聞くと、里奈は言った。

「素晴らしい」

「ん？」

「わたしもそうなの。カレーはつくり立て派。一晩置いたほうがおいしいとか、判で押したように言う人が多くてうんざりしてたとこ。あなた、自分の考えでそう言ってる？　よくあるいかにもな意見をそのまま言ってるだけじゃない？　っていつも思ってた」

「あぁ。そうなんだ」とやや気圧されて言った。

「わたしもそっち。トモと同じ。じゃがいもとかにんじんとかのあのゴロゴロ感は、あったほうがいいよね。ちゃんと嚙み応えがあって、ちゃんとじゃがいもとにんじんの味もして、そこにカレーソースの味が重なってくるほうが、絶対いいよね」

「うん」とそこは素直に言った。「絶対いい」

「やった」と里奈は笑顔で言った。「そこの嗜好が合うのはいいよ。カレーって、この先ずっと、しかも頻繁に食べるものだから、そこが合うのは大きい。よし、決めた」

「何？」

「トモ、結婚しよ」

「え？」

「わたしたち、結婚しよ」

「本気？」

「本気。わたしはトモと結婚したい。トモはいやだ？　わたしと結婚したくない？」

「したくない」とぼくは言った。そして言い直した。「したい」

というわけで、ぼくらは結婚した。二年前。ぼくが二十五歳、里奈が二十七歳になる年だ。

そして曳舟の二つ北千住寄りにある鐘ヶ淵のマンションに移った。里奈が渋谷の店から上野の店に異動したからだ。そこならぼくもバー『インサイド』で働いていられるので、ちょうどよかった。

マンションは古かったが、リノベーションずみだった。間どりは2ＬＤＫ。荒川が見えるバルコニーがあるのがよかった。それが決め手になったとも言える。

まさか自分がこんなに早く結婚するとは思わなかった。アルバイトでいるうちに結婚するとも思わなかった。里奈がそれでいいと言った。それでも早くしたいと言った。里奈の両親も、里奈がいいならいいと言ってくれた。

じゃあ、とつい甘えてしまった。ぼく自身、里奈とはずっと一緒にいたかったので。離れるという未来はもう想像できなかったので。

ちなみに、ぼくが一番好きなベーシストであるフェリックス・パパラルディは、妻に射殺されている。

影響を受けるのはベースに関してだけでいい。そこは無縁でいたいなぁ。と思う。

カネボウ公園というものがある。

鐘ケ淵に住むようになり、地図を眺めていて見つけ、何だろう、と思った。

カネボウって、カネボウ？　化粧品とかの、あのカネボウ？

調べてみたら、そのカネボウだった。

まず、ここ鐘ケ淵で創業した紡績会社だから鐘紡になったことがわかった。各事業はよそに引き継がれているが、もとの会社自体はもうない。その引き継がれた一つとしてカネボウ化粧品の名は残っている、ということらしい。

気になったので、公園に行ってみた。

決して広くはない。ありのままに言うと、荒れていた。あまり手が入れられていないように見えた。鐘淵紡績株式会社発祥の地、という石碑が立てられていた。ちょっと何とも言えない感じだった。時は経つ、のをまざまざと見せられているというか、突きつけられているというか。

でも、ちょっと何とも言えないその感じを味わうために、ぼくはたまにそこを訪れるようになった。

公園に入り、真ん中の広場に立って、全体を見まわす。いや、しかし何とも言えないよなぁ、と思い、気持ちをさわさわと揺すられて、出る。それだけ。一、二分いるだけ。

それでも、散歩のコースに組み入れてはいる。ぼくは大学を卒業したうえにバンドもやめたので、今は時間がある。そうなったら、よく散歩をするようにもなったのだ。

マンションを出ると、まずは西の隅田川へまわり、水辺（みずべ）テラスを歩く。そこはもうまさにテラス。人が川に落ちないよう、柵が設置されている。

北上してその水辺テラスを離れ、わざわざカネボウ公園を経由して東武伊勢崎線の線路のところまで行き、それをまたぐためにまた北上。

隅田水門のところで歩道橋を渡って、一瞬、足立（あだち）区に入り、堀切（ほりきり）駅の手前で線路をまたいで墨田区に戻る。

この辺りで隅田川と荒川は最接近。陸地の幅は、地図で見た感じ、五百メートルもない。モデルさんのウエストばりにくびれている。片手でプチンとちぎれてしまえそうに見える。

で、いよいよ東の荒川へ。

今度は南下。少し歩くと、左手の河川敷（かせんしき）にサッカー場が現れ、視界が開ける。川がよく見えるようになる。そこで河口（かこう）から十キロらしい。つまり、東京湾まで十キロだ。結構ある。

なのにこんなに太いのが荒川。やはり地図で見た感じ、幅二百メートル以上はある。隅田川も都市を流れる川としては太いが、荒川はそれ以上。頼もしい。このまま下れば、平井(ひらい)辺りの江戸川(えどがわ)区、次いで南砂町(みなみすなまち)辺りの江東(こうとう)区、そして東京湾だ。そこまでずっと太い。

カネボウ公園でついさっき味わった何とも言えない感じが、ここで一気に変わる。一言で言えば、晴れる。完璧(かんぺき)に護岸されてどこか無機的な印象がある隅田川から、何とも言えないカネボウ公園を経て、見晴らしのいい荒川。ただ歩いているだけなのに、気持ちの揺れ幅がすごい。で、それが、悪くない。好転、を毎回感じさせてくれるのだ。

その後、古代東海道という謎(なぞ)の名前のただの道を歩いて鐘ケ淵駅へ。そしてマンションへ戻る。

それで一時間弱。いい散歩になる。

たまには駅からマンションの途中でカフェに寄る。チェーン店だが、ストレートコーヒーを置いてくれているのでありがたい。飲食店が少ない鐘ケ淵にある貴重なカフェ。まさに重宝(ちょうほう)している。

飲食店は少ないが。マンションから歩いて五分のところに銭湯があるので、やはりたまに行く。休みの日には里奈と行くこともある。男湯と女湯とに分かれ、三十分後に出入口のところで合流。そんな昭和カップル感を味わう。もちろん、フロはマンションにあるのだが、たまには大きな湯船に浸かりたくなる。わざわざ入りに行く。それができるのが東京のいいところだと思う。

墨田区は広くない。西隣の台東(たいとう)区ほどではないが、狭い区だ。南に錦糸町(きんしちょう)があり、中心に東京スカイツリーでおなじみの押上(おしあげ)や曳舟がある、という形。鐘ケ淵は北。東武伊勢崎線の駅名はそれだが、地名ではない。地名だと、墨田区墨田。北端なのにその名前だ。ちょっと誇らしい。

今日も気持ち揺れ揺れ散歩を終えると、ぼくは二時間ほど休んで、出勤する。東武伊勢崎線で、鐘ケ淵から曳舟へ。日によっては、散歩はなしにして歩いていくこともある。それでも三十分かからずに行けるのだ。

バー『インサイド』は水曜が定休。土日は営業する。だからぼくも出勤する。幸い、里奈も仕事柄、休みは平日。水曜とあと一日、という感じでとることが多い。一日はぼくと合わせるのだ。

店の営業は午後六時から午前二時まで。ぼくは午後六時から午前〇時までの勤務。いつも終電で帰る。週六日だが、一日六時間なので、週三十六時間。四十時間はいかない。

ただ、店は午前〇時前から混むことがある。遅くまでやっているから、タクシーでの帰宅を覚悟して飲みに来るお客さんもいるのだ。

そんな日は、残業を頼まれる。その場合、ぼくも終電には乗れないので、内さんはタクシー代を出してくれる。

歩いて帰るからいいですよ、とぼくが言い、実際にそうすることもある。通るのは車のみ、歩行者はほとんどいない深夜の墨堤(ぼくてい)通り。案外悪くないのだ、そこを歩いて帰るのも。

里奈も言っていたとおり、バンドをやめたあとも、ぼくはバー『インサイド』でアルバイトを続けている。大学を卒業してもバンドはやるからそうする、はずだったのに、バンドをやめた今もそうしている。

里奈に言ったとおり、バーの仕事が好きだからでもある。一方で、このままではダメだよなぁ、と思っている。思いは日々強くなってもいる。

結局、カニザノビーが続いたのは、大学卒業後二年だった。二年めにコロナに見舞われたのも大きかった。それで動きようがなくなった。完全に先が見えなくなってしまったのだ。

たいていのバンドは終わる。ぼくらもそうなった。単なる趣味でない以上、デビューが決まるなどといった結果が出ない限り、バンドは止まってしまうのだ。死んでしまうのだ。

今思えば。大学三年生のときにコンテストで準グランプリを獲れたことが、逆によくなかったのかもしれない。

あれで自信を持ってしまったのだ。やめたらもったいない、になってしまった。少なくとも、ぼくはそう。伊勢くんは、単純に、やりたい、と思ったかもしれないが、ぼくは、やめたらもったいない、と思ってしまった。

バー『インサイド』でのアルバイトがここまで続いているのは、内さんと話が合うからでもある。内さんもロックが好きなのだ。店ではジャズを流しているが、実はロックも好き。だから話も合う。アルバイトとしての居心地もよくなる。

内さんはぼくの親世代。ぼくの父より三歳上。そうなると、やはり好きなのはビートルズだ。レッド・ツェッペリンやブラック・サバスなどのハードロックを聞いていたこともあるという。だからマウンテンも知っていた。堀岡くんの歳でマウンテンはすごいね、聞いてる人なんて周りにいないでしょ、と言っていた。そのとおり。ぼくの周りには、聞いている人どころか、名前を知っている人もいなかった。

『ナンタケット・スレイライド』や『想像されたウエスタンのテーマ』といったマウンテンの曲名が内さんの口から出てきたときはうれしかった。いや、うれしいですよ、と言ったら、いやいや、おれのほうがうれしいよ、まさかマウンテンを聞く二十代に会えるとは思わなかった、と言われた。それもまたうれしかった。

今日は火曜。午後九時すぎに店は少し混んだが、十時すぎに波は引いた。十一時すぎには、お客さんは一人もいなくなった。

とはいえ、バーはわからない。だから今は、言ってみれば凪の時間。

カウンター内で、ぼくが専用のタオルでグラスを念入りに拭いていると、隣で内さんが言う。

「堀岡くんはさ、どうするの？」

「はい？」

「これから」

「あぁ。どう、しましょう」

「会社に勤める？」

「そういうことになるんですかね、いずれは。というか、近々」

「当てはあるの？」

「ないです。どこかに勤めてた経験もないから、厳しいかもしれないですね。まちがいなく苦戦すると思います。就職活動中も、会社に入ってからも」

「じゃあ、この店を継ぐ?」と内さんが笑い、

「まさか」とぼくも笑う。

「いや、これはあながち冗談でもなくてさ。おれも、もう六十三だからね」

「あぁ」

「会社なら定年になってる歳だよ。定年になって、再雇用されてる歳だ。現に衰(おとろ)えは来てるしね」

「そうは見えませんよ」

「いや、来てんのよ。体はきついしね。実際、二時まで店を開けてるのもしんどくなってきた。昼のうちにしっかり寝るようにはしてるんだけど、疲れがとれる前に目が覚めちゃう。しっかり寝られたとしてもダメなんだ。人間の体って、夜寝るようにできてるんだね。午前〇時をまわると、一気に疲れが来るよ。で、おれは子どももいない。この先、店をどうするか。そろそろちゃんと考えないと」

内さん。子どもはいないが、結婚していたことはあるらしい。子どもができる前に離婚してしまったのだ。三十代のころだという。

「まあ、今すぐどうこうではないけど。堀岡くんがやってくれるならそれもいいかなって、こないだ思ったんだよね」

「いや、でもぼくは、お店を買ったりできないですし」

「当面は雇われマスターってことでいいよ。いずれ買い取ってもらうにしても、別にふっかける気はないし」

内さんの声音(こわね)から、本気で言っていることがわかる。冗談なら、内さんはそうとはっきりわかるように言う。

「おれ自身、まだ思いつきではあるんだけどさ。いい思いつきではあるとも思ったから、言っちゃったよ。堀岡くんも、ざっくり考えてみて」

「ざっくり、ですか？　じっくり、じゃなくて」

「うん。まだざっくりでいいよ。いきなりこんなこと言われても、すぐにじっくりは考えられないでしょ。だからざっくりでいい。それでもし堀岡くんに少しでもその気があるなら、おれも真剣に考えてみるから。そのときは、ほかを当たるようなこともしないし」

「わかりました」とぼくは言う。「ありがとうございます。ざっくりじっくり考えてみます」

結局、今日のこれは凪ではなかった。

午後十一時からお客さんは来なかった。少なくとも、ぼくが帰る午前〇時までは。そのあとのことはわからない。来たかもしれない。

来てくれていればいい。もし自分が継ぐなら、繁盛(はんじょう)している店を継ぎたい。

と、もちろん、冗談でそんなことを考えたあとに、思う。

内さん。午前〇時を過ぎるとしんどいのか。六十代なら、そうかもしれない。バーテンダーは立ち仕事。開店から閉店まで、ほぼ立ちっぱなしだ。働いてみてわかったが、狭いカウンター内に居つづけなければならないことでのストレスも少しある。

東武伊勢崎線の最終電車は北千住行。それで鐘ケ淵に戻り、歩いてマンションに帰る。

着いたのは午前〇時半。カギを解いてドアを開けると、なかは暗い。

里奈も明日、いや、日付が変わったので今日、は休み。もう寝たのかと思い、玄関の三和土(たたき)を見る。靴がない。まだ帰っていないらしい。

ぼくが寝るのは、早くても午前二時。遅ければ、三時、四時。

とりあえず、里奈を待つ。待つために起きているわけではないが、フロに入ったり何だりして、待つ。

里奈が帰ってきたのは、午前三時。

ドアのカギが解かれる音がしたので、迎えに出る。

「おかえり」

「ただいま」少し間を置いて、里奈は言う。「起こしちゃった?」

「こんなに速くは起きれないよ。まだ寝てなかった」

「タクシー、つかっちゃった。もったいない」

「どこで飲んだの?」

「上野」

まあ、そうだろう。上野は、遅くまでやっている居酒屋が多い。銀座(ぎんざ)などとはちがい、土日も休まなかったりする。日曜でも翌午前五時までやったりする。

里奈が靴を片方ずつ脱いでなかに上がる。明らかに酔っている。

ぼくがその靴の向きをそろえる。

「ありがと」と里奈。

「いえいえ」とぼく。

「久しぶりに三軒行っちゃった」

「また店長さんと？」

「まさか。店長と三軒は行かないよ。同期と」

「蓮(れん)さん？」

「そう」

下川(しもかわ)蓮さん。女性だ。里奈と仲がいい。ぼくらの結婚式と披露宴(ひろうえん)にも来てくれた。今は北千住の店にいるらしい。

「会社でコンペがあったのね」

「ん？」

「社内コンペ。全店共通の販促(はんそく)のアイデアを出し合うっていう」

「あぁ。うん」

「わたしもエントリーして、最終候補に残ってたんだけど」

「へぇ」

「負けた。歳下に」

「あぁ」

「しかも三歳下。トモより下」

「えーと、女性？」

「そう。まあ、その子のもいいアイデアではあったのよ。でもわたしのも負けてなかったと思う。勝ってたと思う。だけど、負け」

里奈が自分からこんなことを言うのは珍しい。仕事が好きだとはたまに言う。でもこんな細かなことまでは、滅多に言わないのだ。本当に悔しかったのだろう。

慰め(なぐさ)にはならないよなぁ、と思いつつ、言う。

「残念だね。そういうのは、またあるの？」

「毎年はない。不定期」

「あったら、またやる？」

「当然。次は負けねーし」

その言葉につい笑う。

そう。里奈なら、やる。負けない。


窓を開け、サンダルを履いてバルコニーに出る。

例のビーチサンダルだ。去年、里奈と房総の海に行ったときに買った。

八階だが、景色は悪くない。数百メートル先の荒川が見える。

これはいい、といつも思うことを今日もまた思う。タワーでも何でもないマンションなのに贅沢だな、と。

右隣では、先に出ていた里奈が、その景色を眺めながらたばこを吸っている。

「おはよう」とぼくが言う。

「おはよう」と里奈も言う。「といっても、そんなに早くないけどね」

「いや、深酒した日の翌朝十時は早いでしょ」

「まあ、そうか」

「残ってる？　お酒」

「多少。どうせなら『インサイド』で飲めばよかった。内さんにも話を聞いてもらえばよかった。それでトモと一緒にタクシーで帰るの」

そう言って、里奈はふうぅっと煙をゆっくり吐き出す。

少し待ってみるが、その先はない。社内コンペで負けた話の続きをする気はないらしい。

だからぼくが、昨日、店で内さんにされた話をする。バー『インサイド』を継ぐ話だ。

ただ、本気の話、という感じでは、しない。あくまでも雑談レベル。小さな会社や小さな店の後継者問題は大変、という類（たぐい）の話として、する。

「あぁ」と里奈は言う。「黒字なのに後継者がいないから閉めざるを得ない町工場の話とか、確かに最近よく聞くもんね」

「うん」

「でも、そうかぁ。あんまり意識しなかったけど、内さん、六十三歳なのかぁ。わたしのお父さんより二歳上なんだ。お父さんのほうが老けてるように見えるけど。実際、今はもう再雇用で働いてるし」

「フルタイムではないんだよね？」

「うん。迷ったらしいけど、ちょっと短くした。週四日とか、そんなかな。お母さんはフルタイムで働いてほしかったみたいだけど」

「そうなの？」

「そう。別にお金を稼いでほしいからじゃなくて、家に長くいられると困るから」

「困る、の？」

「うっとうしいんじゃない？　お父さん、ちょっと家事やっただけで、やったぞ、ほめてくれ、みたいになっちゃうとこあるから」

それにはちょっと笑う。険悪な感じの、うっとうしい、でなくてよかった。義、が付くとはいえ、ぼくにとっても父と母なのだ。ずっと仲よくいてほしい。

「ぼくも気をつけるよ」

「ん？」

「家事をやったからって、ほめてくれ、にならないように」

「トモはならないよ。初めからやってくれてたし。お父さんみたいに全然やらなかった人がやりだすと、そうなっちゃうの」

「じゃあ、ぼくはうっとうしくない？」

「ないよ。トモはわたしよりずっとうまくこなすから、うっとうしいなんて思うわけない。もしほめてほしければ、いくらでもほめるよ」

「よかった。ほめてほしくなったら、言うよ」

「言わなくてもほめるのが妻の役目、か。しくじった」

それを聞いて、笑う。里奈のしくじりはいつもおもしろい。しくじり方がかわいい。というか、ほとんどの場合、しくじってない。

「ごめんね」と里奈が言う。

「何が？」

「またたばこ吸っちゃって」

「あぁ。いいよ」

「あと、寝る前にグチも聞かせちゃって」

「それもいいよ。里奈のグチ、何か新鮮だった。仕事が好きだからこそのグチだってことがよくわかったよ。里奈は本当に仕事が好きなんだってことが、あらためてわかった」

「何それ」

手すりにもたれ、ぼくは言う。

「たぶんさ」

「ぼくが音楽を好きっていうその好きより、里奈が仕事を好きっていうその好きのほうが、ずっと上」

「ん？」

「里奈のほうが、ずっと好きだよ」

「うん」

「そんなことないよ」

「いや、あるよ。ぼくは里奈ほどちゃんと向き合ってなかった」

「音楽に？」

「うん。まあ、ちゃんと向き合ってればうまくいったかと言うとそんなこともなくて。結局うまくいってなかったとは思うけど。でもやっぱり、向き合ってはいなかった。で、思った」

「何？」

「音楽への未練は、もう、少しもないよ。ということで、決めた。これからは、ぼくが家のことを全部やるよ。専業主夫になる。いや、バイトはやるから専業でもないけど。とにかく、主夫をやる。それで子どもをつくろう。生まれたら、その子の世話もぼくがするよ。だから里奈は一年も育休をとらなくていい。いや、もちろん、里奈自身がとりたければとってくれていいけど」

「トモ、どうしたの？」

「どうもしてない。里奈は今の仕事がすごく好きでしょ？　里奈が働きたいなら、ぼくはその手だすけをしたいよ。それがぼく自身のやりたいこと。本当にやりたい。だからね、これは譲（ゆず）らないよ」

見ようによっては受身だ。わかっている。ぼくは昔からそう。高校時代、ひなたとは、受身のまま終わった。結婚までした里奈とは、そうなりたくない。里奈を支える。それはそれで受身っぽいが、そんなことはない。ぼくは能動的に、支えたい。

「トモがそこまではっきり何かを主張するなんて、初めてだね」

「そうかな」

「そうだよ。プロポーズだって、結局、わたしがしちゃったし」

カレーのあれだ。一晩置いたカレーよりつくり立てのカレーのほうが好き。で、カレーはこれからもずっと食べる。だから。トモ、結婚しよ。というあれ。

「でもその主張はやっぱりわたしのため。妻のため。トモ、やっぱり最高」

主張。確かに、これまではほとんどしてこなかったような気がする。ひなたと付き合ったのも、付き合って、と言われたからだし、別れたのも、ひなたが二見くんと付き合うことにしたからだ。

主張したと言えるのは、『ヤスガーの農場』のカバーをやろうと伊勢くんに提案したときぐらいかもしれない。それだって、ぼく自身がどうこうではない。ぼくから始まってはいない。『ヤスガーの農場』はぼくのオリジナルでも何でもない。フェリックス・パパラルディという他人がつくった曲だ。ぼくはそれをやろうと言っただけ。

そして今も。里奈を支える。やはりぼくから始まってはいない。まず、里奈がいる。

でも。これはぼく自身の主張だと言っていい。ぼくオリジナルの主張だ。ぼく自身がはっきりそう思える。

「これで完全にふんぎりがついた。だからさ、ベースはもう売るよ」

「いい」

「え？」

「売らなくていい。売らないでほしい」

「何で？」

「子どもが生まれたら、いずれトモのベースを聞かせたい。カッコいいじゃない。パパがベーシストなんて」

「カッコ、いいかな」

「いいよ。すごくカッコいい。あとね」

「うん」

「お店も、いいかも」

「何？」

「『インサイド』を内さんから継ぐっていうの、悪くない。すぐには無理だけど、子どもがそこそこ大きくなったらっていうのは、ありだと思う。わたしは昼働いて、トモは夜働く。バーなら、開店前に子どものお迎えとか、できるじゃない。パパがバーのマスターっていうのもまたカッコいいよ。ベースが弾けるバーのマスター。カッコよすぎ。よし。お店、いずれ買い取ろう。

家はずっと賃貸(ちんたい)でもいいから、お店は買おう。それは資産にもなるし。わたし、そのためにがんばって働くよ。これまで以上にがんばって働く。社内コンペも勝つ。負けたとしても、お金がもったいないからヤケ酒は飲まない」

「いや、そのくらいは」

「こうなったら急がなきゃ。急いで子どもつくらなきゃ。店を継がせてもらえるにしても、あと何年かは内さんにがんばってもらわなきゃいけない。そのための根まわしもしとかなきゃ」

「根まわしって」

「といっても、ただ飲みに行って話したりするだけではあるけど。久しぶりに『インサイド』に行きたい。いいよね？　行っても」

「いいよ。来てよ」

「わたしね、根まわしとかうまいよ。伊達(だて)に会社で仕事をしてるわけじゃないし。あぁ、だから、そう、失敗した。社内コンペで負けたのは、その根まわしが足りなかったからかも。読みちがえた」

　そんなことを言っている里奈の横顔を見る。笑顔の横顔、だ。

　この人のことは好きだな、と思う。この人がぼくの子を産んでくれるなんて、そんな幸せなことはないよな、と。

　里奈がぼくを見る。笑顔のままで、言う。

「ということで。最後の一本、吸ってもいい？」

うたう　詩歌をつくる　永田正道　D

何がいいって、新しい図書館はいい。

オープンしてまだ二年。何といっても、きれい。こうもきれいだと、置かれている本までもが新しくなったように感じられる。古い図書館もそれはそれで味があるが、新しい図書館はやはり沸く。用がなくても行きたくなる。

板橋区立中央図書館。そこそこ広い板橋区平和公園のなかにある。

区立だが、一階に民間のカフェが併設されてもいる。それもいい。僕はお金を節約しなければならないので滅多に入ることはないが、コーヒーを飲みたくなったらいつでも飲めると思っていられるのはいい。いつでも飲めるなら、それはもう、ほぼ飲んだようなものだ。

そこで本を借りたりもするが、僕は三階の学習ルームを利用することが多い。単なる閲覧室や読書スペースとちがい、まさに学習できるのだ。机はしっかり仕切られている。イスはキャスター付き。静かな環境で勉強できる。

静かな環境で読書や勉強に集中したい方のための部屋です。と、図書館自体がホームページではっきり言ってくれているのだから、勉強してもいいのだ。それはたすかる。図書館によっては、閲覧室での勉強は不可、というところもあるから。

一回二時間。次に利用者がいない場合に限り、一時間延長できる。パソコンの使用は禁止。そこに不便を感じる人もいるかもしれないが、僕はそれでいい。すぐ近くでキーをカチャカチャやられると、どうしても気になってしまう。

実際、僕はいつもそこで勉強する。僕自身の勉強というよりは、人の勉強のための勉強、だ。家庭教師の準備。受け持つ生徒に教えるための、準備。

前は自身の勉強同様、アパートでやっていたが、こんな便利な部屋があると知ってからは、こちらでやるようになった。家庭教師で伺(うかが)うお宅は二軒。どちらもがここから歩いていけることもあって。

自身の勉強は自室で、生徒のための勉強はこちらで。と、メリハリをつけることにしたわけだ。

この図書館は板橋区常盤台(ときわだい)にあり、僕も同じ常盤台に住んでいる。だがアパートから図書館までは歩いて十五分かかる。

常盤台は東西に長いのだ。最寄駅もちがう。僕のアパートは東武東上(とうじょう)線のときわ台で、図書館は隣駅の上板橋(かみいたばし)。まあ、一駅分歩く感じだ。

常盤台。地名としては常盤台だが、駅名としてはときわ台。わかりやすくしたのだと思う。常盤はときわと読ませることがほとんどだが、ＪＲ常磐(じょうばん)線の常磐もときわと読ませたりするから。

僕のアパートからときわ台駅までは徒歩八分。それで家賃五万円は安い。築二十五年ではあるが、まだまだきれい。広さは六畳だし、バストイレは別。

初めは、もしかしたら事故物件かと思った。が、すぐに、それならもっと安いだろうと思い直した。確か、賃貸契約の場合、告知義務は三年。その三年は過ぎたということかもしれない、とも思ったが、自ら不動産屋に訊いたりはしなかった。

四年前、大学卒業を機に入居。二度の更新を経た今も、幸い、霊的なものに脅（おびや）かされてはいない。僕に霊感がないだけかもしれないし、もはや事故物件だとは少しも思っていないからかもしれない。思ったらその瞬間から、霊的なものは現れるのかもしれない。僕自身が生みだしてしまって。

常盤台は住宅地だが、ちょっとおもしろい町だ。ときわ台駅前にこぢんまりとしたロータリーがあり、そこから道が放射状に延びている。その感じが大田区（おおたく）の田園調布（でんえんちょうふ）と似ているので、板橋区の田園調布と呼ばれたりもする。

特徴的なものとしては、クルドサックがある。袋小路（ふくろこうじ）、だ。

そこでは道の奥にロータリーが設けられている。居住者のそれ以外の車が住宅地に入ってこないようになっているのだ。居住者自身が不便になってはいけないので、反対方向の道に抜けられるフットパスが設けられてもいる。歩行者や自転車しか通れない小道だ。

そんなときわ台のアパートに僕は一人で住んでいるわけだが。実は実家も同じ板橋区にある。一戸建てではない。マンション。最寄駅は、都営三田線の志村（しむら）三丁目だ。

小学校に上がるときに入居し、それから大学四年までずっと住んだ。以前も近くのアパートに住んでいたが、そのマンションが建てられたので、２ＬＤＫのそこへ移ったのだ。

だから、築二十一年。今僕が住むときわ台のアパートより若い。絶対に事故物件ではない。新築で僕らが入り、その後父と僕が出ていっただけ。誰も死んではいないから。

高校へも大学へも都営三田線一本で行けたので、とても便利だった。今はそこに母志月が一人で住んでいる。大手町まで通勤している。やはり都営三田線一本で行けるから便利だ。

スナック菓子をつくる会社。母は大学を出てそこに入社し、五十六歳の今なお勤めている。そんな人、その世代の女性ではなかなかいないだろう。まちがいなく、母はこのまま定年まで勤める。その後も再雇用で働くはずだ。

母は賢明にして堅実だった。僕はそんな母に支えられていた。母一人に支えられていた。

僕の父安彦は、炭素製品をつくる会社に勤めていた。細かなことは僕もよく知らない。その炭素製品という言葉だけを覚えている。

僕が小学四年生になるときに父はそこをやめた。何でも、工場がある地方都市への転勤の話が出たことがきっかけだったらしい。

母はやめないよう父に言った。母が望んだ形は、母と僕が父についていくというものではなく、父が単身赴任をするというものだった。妻として母として、度を越した希望ではないと思う。決して無理な要求でもないと思う。

だが父は会社をやめた。最後は独断で決めた。そして、資格をとると言いだした。国家資格。行政書士試験の合格を目指すというのだ。

官公署への提出書類及び権利義務や事実証明に関する書類の作成、さらには提出手続きなどをおこなう。報酬を得ておこなう。それが行政書士だ。

その試験は毎年十一月にある。十一月の第二日曜日。そう決められている。

父は、準備期間が短かったためか、一度めは不合格。それから一年をかけて臨(のぞ)んだ二度めも不合格だった。その期間、働いてはいない。家事は少しやったが、それだけ。あとは家で勉強していた。たまにはパチンコをやったりもしていた。

で、母が許したのはそこまで。二度めの不合格がわかったその日、母は父に言った。もうあきらめて就職して。

さすがに父も受け入れ、タオルをつくる会社に就職した。

それで落ちつくかと思ったら。落ちつかなかった。

父がまたすぐに会社をやめた、というようなことではない。もっとよくないこと。浮気をしたのだ。飲み屋の女性とかいう人と。

まだ色恋を経験していなかったからなのか、僕は思った。バカじゃないの？

二年をかけてゆっくり冷えていた父と母の関係は、それで冷えきった。僕の前でケンカをしたりはしなかったが、言葉を交わすこともなくなった。

結局、二人は離婚した。父がマンションを出ていった。僕が小六のときだ。

以来、父とは一度も会っていない。会いたいと思ったこともない。父のことを考えたりはするが、それが、会いたい、にはつながらない。

名字は、中学に上がるのを機に変えた。僕は若菜正道から永田正道になった。永田も名字として嫌いではないが、若菜も嫌いではなかった。同姓の人があまりいないという意味では、むしろ好きだったかもしれない。

行政書士試験は、十一月の第二日曜。何故そこまで具体的なことを知っているかと言えば。僕自身が受けたからだ。そしてまた受けるからだ。

つまり、僕もそうなのだ。

資格をとることは、大学生のころから漠然と考えていた。いや、もしかしたら、もっと前から。父の件で早くに刷りこまれていたのかもしれない。職業の選択肢としてそういうのはありだ、と。

行政書士と決めていたわけではないが、それも候補の一つではあった。公認会計士や司法書士や税理士は難易度的に無理だろう。だが行政書士なら本気でがんばればどうにかなるのではないか。そんな感覚があったのだ。

去年、初めて受けた。

受けるとはっきり決めたのが七月で、試験が十一月。父同様、いや、父以上に準備期間が短かったこともあって、不合格。あとで明かされた合格率は十二パーセントだった。例年十パーセントあたり。難関なのだ。それゆえ、資格としては意味を持つ。求められる資格だとわかる。

だからショックではなかった。落ちるのには慣れている。僕は大学入試でも、第一志望と第二志望には落ちているから。

とにかく、受験。まずは様子見のつもりだった。どんな感じなのかを知るためにとりあえず受けてみた。やはり父同様、今年が本番だと思っている。

で、一人暮らしをしているから、家賃と生活費を稼がなければならない。そのために家庭教師のアルバイトをしている。家庭教師派遣会社に登録し、そこから仕事をもらっている。

そう。僕は家庭教師のアルバイトをしながら行政書士資格の取得を目指しているのだ。父はとれなかった資格。僕はとる。

父は結局、その資格に逃げた。そこで働くのがいやになったから会社をやめ、やむなく試験を受けた。その程度だから、受からなかった。僕はそうならない。父のようにはならない。受かる。

僕は大学卒業とともに実家を出た。就職したからではない。就職しなかったからだ。就職していたら、しばらくはそのまま住んだかもしれない。しないなら住んでいてはダメだ、と思った。母に言われたわけではない。自分でそう決めた。

母は、いなさいよ、と言った。就職しないなら出ていけなんて言わないわよ、と。だが僕は出た。もうまさにこれ。父と同じになるのはいやだったのだ。母が稼いだお金で暮らしながら試験勉強をするのはいやだったのだ。

アルバイトは、土日火水、の週四日。土日は一日だが、火水は夜だけ。月木金はすべて自身の勉強に充(あ)てる。

家庭教師はほかのアルバイトにくらべれば時給が高いのでどうにかなっている。だからこそ選んだ。といっても、ぎりぎりだ。生活するだけで精一杯。毎月ほぼ一円も残らない。

今は生徒二人を見ている。一度に二人を見るのではない。家庭教師なので、もちろん、別々。別口。

福崎春太(ふくざきはるた)くんと石戸隆之介(いしどりゅうのすけ)くん。ともに中学三年生。受験生だ。二人に面識はない。学校がちがうから。

僕が途中で投げ出すことはない。行政書士試験は十一月で、合格発表は来年の一月。最後までしっかり見られる。それぞれの親御(おやご)さんにそう説明してもいる。

福崎さんと石戸さん。どちらも喜んでくれた。春太くんのお母さんは、永田先生も試験がんばってください、と言ってくれさえした。一応、そのことも説明したのだ。僕がどういう立場にいる者なのかを伝えておいたほうがいいだろうと思って。

春太くんは国語の古文が、隆之介くんは数学が苦手だ。経済学部卒の僕はどちらも決して得意ではない。が、中学生レベルならどうにか教えられる。会社からもだいじょうぶと判断されたから採用されているのだ。僕は五教科すべてを教える。その意味で、苦手科目がなくてよかった。

学習ルームでの準備を終えると、僕は図書館を出る。

今日は火曜。春太くんの日。午後五時から三時間の予定。

福崎家は、上板橋の向こうにある。駅から歩いてすぐのお宅だ。なのに庭がある。家自体も大きい。

春太くんのお父さんは、池袋(いけぶくろ)にあるクレジットカード会社に勤めている。まだ四十代だが部長だという。裕福な家庭なのだ。やはり。

そうでなければ、家庭教師は雇えない。今は家庭教師も多くが会社組織になっているが、それでも一般的な進学塾に通わせるよりは高い。そのうえ、福崎家は授業時間も長い。裕福でなければとても無理だ。

お母さんはそもそも春太くんを、高校もある私立の中学に入れたかったらしい。だが春太くん自身が公立に行きたいと言った。小学校で仲がよかった友だちと別れたくなかったのだ。春太がそうしたいならそれでいいんじゃないか？　とお父さんが言い、お母さんも折れた。春太くん自身によれば、案外簡単に折れたらしい。このことだけでわかる。お父さんとお母さんと春太くん。三人、皆それぞれいい。

実際、春太くんは、いい両親に育てられた健全な子、という感じがする。いい意味で、する。自分がいい家の子だという意識があまりないのだ。

僕自身の経験からわかる。中学生ぐらいだと、そういうのを強く意識してしまう子もいる。それを言動に出してしまう子もいる。春太くんにはそれがない。学校でも人気があるだろう。男子からも女子からも好かれるはずだ。教師からも好かれるだろう。男性教師からも女性教師からも。

僕が見ているもう一人の隆之介くんはそうでもないが、春太くんはオープン。僕にもすぐに慣れてくれた。たぶんだが。このまま最後まで永田先生でいいよ、とすぐにお母さんに言ってくれもした。ありがたい。ちょっとずるいが、これは本当にありがたい。

到着が早すぎたりしないように。具体的には、五分前より早くなったりはしないように。それでいて、きっちり五時から授業を始められるように。ということで、午後四時五十七分に福崎家に着いた。

インタホンのボタンを押す。ウィンウォーン。

すぐに春太くんのお母さんが出てくれる。

「はい」

「こんにちは。永田です。お願いします」

「は～い。お願いしま～す」

門扉を開けて入っていき、玄関の前に立つ。

春太くんのお母さんがドアを開けてくれる。四十代前半。快活な人だ。

「いらっしゃい。春太はもう部屋にいます」

「わかりました」

春太くんの部屋は二階だ。洋間。七畳半ぐらいある。アパートの僕の部屋より広い。

階段を二階へと上り、木のドアをノックする。コンコン。

「はい」

そこは中学生男子。どうぞ、とまでは言わない。

「失礼します」と開け、なかに入る。

「こんにちは」と春太くんが言い、

「こんにちは」と僕も返す。

今日は数学と国語の予定。比較的得意な数学でいい流れをつくったあとで、国語。古文。その形でいくつもりだ。

「先生、晴れてた？」

「ん？」

「外」

「あぁ。晴れてたよ」

「夜、雨らしいよ」

「え、そうなの？」

「うん。天気予報とお母さんが言ってた」

天気予報とお母さん、というのはいい。お母さんも天気予報を見て言ったのだろうが、その並べ方がいい。

「降りそうな感じ、なかったけど」

「じゃあ、夜遅くなのかな。帰り、降ってたら、傘持ってけば」

「駅も近いし、だいじょうぶだよ」

「でもときわ台から先生んちまでは歩くじゃん」

「そうだけど」

「降ってたらお母さんに言うよ」

「うん。じゃあ、ザーザー降りだったら借りる」

降っていたら、たぶん、春太くんが言わなくても、お母さんが僕に訊いてくれる。傘持ってますか？　と。そういう人なのだ。そしてその息子の春太くんも、こういう人なのだ。来訪者の僕に対して、まずそんなことを考えてくれる。それを自然にやる。できる。

「じゃあ、さっそく始めようか。数学」

「ダル～」と春太くんが笑う。

その、ダル～、にも嫌味がない。言いながらも、すんなりテキストを開く。

授業開始。まずはテキストに書かれていることを説明し、問題を解かせる。まちがえたところは細かく解説し、また別の似た問題を解かせる。

そんなふうに進めていくと、一時間半ぐらいはあっという間に経ってしまう。大学の授業の一時間半は長いと思っていたが、教える側になっての一時間半は短い。

そして中学での五十分授業に慣れた春太くんの集中が続くのはこのあたりまで。当然、休憩は必要。

ここでいつも春太くんのお母さんがお茶とお菓子を出してくれる。

これはあくまでも福崎家のご厚意。基本、僕ら家庭教師は飲食物の提供を受けないことになっている。用意をしていただく必要はないと、ホームページで会社は明言している。

それでもやはり、用意してくれる人はいる。春太くんのお母さんもそうだ。わからないでもない。結局は人と人。必要ないと言われても、そうせずにはいられないのだ。お茶やお菓子を出さないほうが落ちつかないのだろう。僕の母も同じだと思う。

「はい、どうぞ。ちょっと休んで」とお母さん。

「うぉ～し」と春太くん。

「いつもすいません。ありがとうございます」と僕。

今日のお茶とお菓子。お茶は紅茶で、お菓子はアルフォートとトマトプリッツ。

中学生のお宅だと、コーヒーよりは紅茶になることが多い。お菓子はクッキーやビスケット。たまにはアイスクリームが出てくることもある。この福崎家だと、かなりの高級品が出てくる。ハーゲンダッツの期間限定ものとか、どこぞのジェラートとか。

この休憩中、春太くんはいろいろなことを話す。学校のことに部活のこと。僕が訊かなくても話してくれる。

自分がサッカー部員であることは、初回の授業の日にもう話してくれた。というそれが四月。五月を経た六月の今は、レギュラーの当落線上にいるそうだ。うまい二年生の国富(くにとみ)くんとフォワードのポジションを争っているという。

春太くん自身によれば。国富のほうがうまいけど足は僕のほうが速い。のだそうだ。でもスピードがあるやつはスーパーサブにまわされることが多いんだよね。後半からそういうやつが出てきたほうが相手チームはいやだから。

アルフォートとトマトプリッツを交互に食べながら、今日も春太くんは言う。

「ヤバいよ、先生。一昨日(おととい)の練習試合、最後の十分しか出られなかった」

「そうか。悔しいね」

「でも一点決めた」

「え、そうなの？」

「うん。ヘディング。ダイビングヘッド」

「おぉ。すごい」

「といっても、ヘディングのあとにダイブした感じだけど。あとでチームメイトに言われたよ。春太、あれ、飛ばなくてもいけたろって」

「でもやったじゃん」

「うん。燃えた。うぉ〜ってなった。でもスタメンの国富も点決めたんだよね」

「そうなんだ」

「ぼくのゴールで追いついて、二対二。それで試合終了」

「十分で一点とったんなら、すごいじゃん。国富くんは五十分で一点てことでしょ？　同点ゴールっていうのも大きいよ」

「部の先生もそう思ってくれてたらいいけど。でも、何か、それで落ちついちゃったような気もする。この形でいいと思われちゃったというか」

「国富くん、やっぱりうまいんだ？」

「うまいね。幼稚園からサッカークラブでやってたらしいし。リフティングとか、すごいのやるよ。お前、ブラジル人か！　みたいなの」

わかるような気はする。今、サッカーがうまい子たちは本当にうまいから。

ただ、後輩をうまいとすんなり認められるのはいいな、と思う。大人になれば、そうであるべきと感じてしまうが、中学生でそれをやるのは難しい。

「そういえばさ、先生は中学んとき何やってたの？」

「何もやってなかったよ」

「帰宅部だったってこと？」

「うん。あ、でもドラムをやり始めたか」

「へぇ。バンドやってたの？」

「いや、中学ではそこまでいかなかった。個人的に練習してただけ。バンドを組んだのは、高校で軽音楽部に入ってから」

「練習って、何？　どうするの？　ドラムを持ってたの？」

「いや、持ってない。持ってたのはスティックだけ。ドラムのスティックね」

「それだけで、練習できるの？」

「うん。ジャンプとかマガジンとかを叩いてたよ」

「漫画？」

「そう。雑誌。あのあたりがさ、叩くのにちょうどいいんだよ。ヤングジャンプとかヤングマガジンとかはダメなの」

「何で？」

「平べったくないから」

「あぁ」

これは綴じ方の問題。ヤングジャンプやヤングマガジンは、本で言う背の部分がない。テーブルに置いたときに平面にならないのだ。

「ジャンプとかマガジンとかは、叩くために買ってたからね」

「読まないの？」

「いや、読むけどさ。速攻で読んで、叩く。練習する」

「ドラムかぁ。すごいね」

「すごくはないよ。誰でもできる」

「誰でもはできないでしょ」

「できるよ。ちゃんと練習すれば、ある程度は叩けるようになる」

「やればモテる？」

「ドラムは、どうかなぁ。ギターのほうがモテるだろうね」

「でもドラムもカッコいいじゃん。デカいものを操ってる感じがするよ。猛獣つかいみたいな。もしかして、今もやってるの？」

「いや、もうやってないよ」

「いつまでやってた？」

「二年ぐらい前までか」

「大人になってからもやってたんだ？」

「まあ、そうだね」

「じゃ、相当うまいんじゃん？」

「そんなことないよ。好きだからやってただけ」

「ぼくも高校に行ったらバンドやろうかな」

「サッカーは？」

「もういいよ。高校だとレギュラーは今以上に難しそうだから。バンドは、楽しそうだよね。まず、走んなくていいし」

「ドラムは体力も必要だけどね。三十分叩けば汗もかくし、ヘトヘトにもなるよ」

「ヴォーカルも、そう？」

「ヴォーカルに必要なのは、肺活量かな。声を長く伸ばすこともあるし。サッカーをやってた春太くんならだいじょうぶでしょ」

「ぼく、短距離はいいけど、長距離は苦手なんだよね。スタミナはない。だからサッカーでもサイドバックとかは無理だし」

「そこまではなくてもだいじょうぶだよ。例えば運動経験のない女性でもうたえる人はたくさんいるわけだし。僕が組んでたバンドの人もそうだったよ」

「女の人だったの？」

「うん。でも声はよく出てた。うたってれば自然と鍛えられるんだと思うよ。確かに、春太くん、ヴォーカルはいいんじゃない？」

　合いそうだ。春太くんがヴォーカルのバンドなら、高校の文化祭ライヴでもお客を呼べるだろう。春太くんはルックスも悪くない。もしかしたら、キャーキャー言われるかもしれない。

「でも、どうせなら楽器をやりたいな。ヴォーカルは、やろうと思えば誰でもできちゃう感じもするし」

「できちゃう？」

「だって、カラオケとかはみんなやるよね。できちゃうよね」

「カラオケとバンドのヴォーカルはちがうよ。まず、声量がちがう。生演奏って、音自体が大きいからね。特にロック系だと。ヴォーカルも、それに負けない声を出さなきゃいけない。カラオケみたいに、マイクだけではごまかせない」

「そっか」

「じゃあさ、視点を変えて、ラップはどう？」

「絶対無理。国語、苦手」

「でもラップはどちらかといえば現代文でしょ。古文じゃなくて」

「だとしても、その場の思いつきであんなふうに韻を踏んだりはできないよ。ただダラダラしゃべるだけになっちゃう」

「まあ、そうか。あれは僕もできない。あの瞬発力はすごいね。じゃあ、ギターは？」

「たぶん、無理。手先が器用じゃないし」

「それも、練習すればどうにかなると思うけど」

「うーん。でもやっぱり先生みたいにドラムがいいかな。ドラムってさ、足もつかうんでしょ?」

「つかうね。バスドラムは、ペダルを足で踏んで、叩く。それも結構きついよ。曲によっては、ドドドドドドドドッて連打したりもするから」

「だったら、サッカーでやってたことが少しは役に立つかも」

サッカーでそこまで細かなステップを踏むことがあるのかは知らない。が、まあ、役には立つだろう。足の筋力が強いのはいい。それはドラマーとしてのスタミナにつながるのだ。

「先生もお菓子食べてよ」

「うん。いただきます」

お皿に出されているトマトプリッツを頂く。アルフォートは個包装なので、僕が残しても福崎家は困らない。だからトマトプリッツ。

そして紅茶も頂く。おいしい。

男の一人暮らしだと、紅茶はまず飲まない。飲むのはここでだけ。だからなおのことおいしい。これもまた高級品なのだと思う。僕がアパートで淹れても、たぶん、この味にはならない。

三つめのアルフォートを食べながら、春太くんが言う。

「高校に受かったらさ、先生、ドラム教えてよ。初めの基礎的なことだけでもいいから」

「そのくらいなら、受からなくても教えるよ」

「ほんと？」

「うん」

　言ってから気づき、ちょっとあせる。受からなくても、と言ってしまった。家庭教師が受験生に言う言葉ではない。

「じゃあ、マジでやろっかな」

「でもその前にさ、まずは受かろうよ。高校」

「そうだね」

「僕が行ってたとこは、軽音楽部の活動が盛んだよ。今もそうなはず」

「でもぼくの志望校より一ランク上だよね。受かるかなぁ」

「偏差値だと二ぐらいのちがいしかないから、がんばれば受かるよ。ランクが高い学校を無理して受ける必要はないけど、まだ時間はあるから、受験までに少しずつ成績を上げていこう」

「でも古文がなぁ」

「だいじょうぶ。国語で古文が占める割合はそこまで高くないし。今の時点ではっきり苦手とわかってるんだから、対処もできるよ」

　僕が行っていたのは、文京区にある高校だ。そのことは、春太くんにもお母さんにも話している。お母さんは、できれば先生と同じところに行かせたいと言っている。僕も、行ってほしい。決して悪い学校ではないから。

　家庭教師と生徒の連絡先交換は会社から禁止されている。何らかのトラブルが発生する可能性があるからだ。もちろん、僕もそれでいい。春太くんはスマホを持っているが、その番号は知らないし、ＬＩＮＥのＩＤも知らない。自分のそれも教えてはいない。

また、会社からは、生徒と私的な話をあまりしないようにと言われてもいる。これもやはり同じ理由からだ。家庭教師が生徒と近くなり過ぎてはいけない。そのとおり。

だがこの、話、に関しては。春太くんがしてくれるのだからしかたがない。君の話は聞けない。聞きたくない。とは僕も言えない。実際、聞きたい。聞くことで、自身の学びにもなるから。

そんなわけで、この休憩のあいだだけは聞くことにしている。授業に差し障り（さわ）のない範囲で。

人懐（ひとなつ）っこい春太くんは本当に何でも話してくれる。好きな女子のことまで話してくれた。

有沢萌音（ありさわもね）ちゃん、だそうだ。同じクラスで、席も近い。隣ではない。萌音ちゃんが春太くんのななめ後ろ。春太、と呼び捨てにしてくるという。だから春太くんも、萌音、と呼び捨てにするという。ムカつくんだけどちょっと好き、らしい。中学生男子の、ちょっと好き。それはもう、大好き、だ。

萌音ちゃん。萌（も）える音。バンド経験者として言わせてもらえば、ものすごくいい名前だ。将来自分に娘ができたらそう名付けたい、というくらいの。

春太くんが僕と同じ高校に行ってドラムを始めてくれたらうれしい。ライヴに萌音ちゃんを呼び、それがきっかけで付き合うようになったりしたら、なおうれしい。

そんな夢想をしながら、僕は言う。

「はい、休憩は終了ね。ごちそうさま。さあ、古文をやっつけよう。ドラムへの第一歩だと思って、がんばろう」


久しぶりに新宿にいる。

東口にある居酒屋だ。チェーン店。どこでもよかったので、と言いつつ安いほうがよかったので、そこにした。

ときわ台から一番近い大きな街は池袋。東武東上線で五駅。九分。だが僕はもうその池袋にすら滅多に出ない。新宿は、三年ぶりとかそんなかもしれない。バンドをやっていたときも、新宿を素通りして渋谷まで行っていた。あとは、下北沢とか、吉祥寺とか。

今日新宿に出た理由はこれ。飲むことになったのだ。元カノジョの飯島綾葉（いいじまあやは）と。

綾葉は品川（しながわ）区にあるアパートに住んでいる。最寄駅は、都営浅草線の戸越（とごし）。戸越銀座商店街で有名な戸越だ。近くには、そのもの戸越銀座という名の東急池上（いけがみ）線の駅もある。綾葉のアパートは戸越駅のほうらしい。徒歩三分、だそうだ。

元カレの僕は、そのアパートを知らない。綾葉は、僕と別れてからそこへ移ったのだ。就職を機に。大学時代は、僕の実家がある志村三丁目から二駅離れた本蓮沼（もとはすぬま）にいた。その距離的な近さも、僕らが付き合うことになった要因の一つだった。

ともかく、今は戸越。そして僕はときわ台。その中間辺りとなると新宿。ということで、そうなった。新宿で飲もう、と。

やはり久しぶりに、綾葉から電話が来たのだ。で、すんなり出た。

よく出てくれたね。そう言われたので、こう言った。スマホの画面に綾葉の名前が出たから。

よく番号を残してたね。次いでそう言われ、ちょっと恥ずかしかった。まあ、わたしも残してたから、こうやってまたかけられたんだけど。さらにそう言われ、恥ずかしさはちょっと和(やわ)らいだ。

綾葉とは大学と学部が同じだった。二年生から始まったゼミで一緒になり、三年生から付き合うようになった。

付き合いはしたものの、そこまで親密にはならなかった。というのも変な話だが、実際、そうだった。

僕はバンドをやっていたから、そちらに時間をとられることが多かった。そして綾葉は僕のバンド活動にさほど興味を示さなかった。ライヴに来たことも、数えられるほどしかない。バンドのメンバーと気安く話すようなこともなかった。

まあ、僕はそれでよかった。そのほうがよかったとさえ言えるかもしれない。バンドとカノジョを分けておきたいというような気持ちもどこかにあったのだ。僕にしてみれば、バンドが公(こう)で、カノジョが私(し)だった。

ただ、それにしても。僕と綾葉には距離があり過ぎた。志村三丁目と本蓮沼。地理的な距離は近いのに、心理的な距離は遠かった。付き合ったことでかえって遠くなったような気もした。

バンド活動を続けるため、そして資格の取得も視野に入れていたため、僕は大学卒業後も就職しなかった。綾葉は、もちろん、就職した。大手の電気通信会社に入った。

僕らは大学の卒業式の日に別れた。特に嫌い合うでもなく。じゃあね、と言って。まさにカレシカノジョも卒業した感じだった。

それから四年強というこのタイミングで、綾葉から電話が来たわけだ。

聞けば。意外にも、電気通信会社はやめたという。何か、もう、ちょっと無理だなと思って。綾葉は電話でそう説明した。

そこは丸三年でやめ、再就職した。一年が過ぎて、ようやく落ちついた。それで久しぶりに永田くんと話したいなと思った。ということだそうだ。

永田くん。綾葉は別れたから僕をそう呼んでいるのではない。付き合っていたときもそうだった。それで僕らの親密度がわかるだろう。

午後七時に紀伊國屋書店の前で待ち合わせ、この居酒屋に来た。

カウンター席に座り、とりあえず乾杯した。本当に、とりあえず乾杯、と言った。とりあえずって、何？　と綾葉は笑ったが、すぐにこう続けた。でもわたしたちが、再会に乾杯、とか言うのも変だもんね。

確かにそうだった。再会、の前の基となる部分が、僕らはちょっと弱いのだ。だから、再会にも劇的な感じが出ない。

僕は初めからずっとハイボールで、綾葉はゆずにラムネにメロンといった各種サワー。つまみは、塩キャベツに炙りサーモンに鉄板グリルチキンに明太マヨオムレツ。締めはチーズのリゾットにしようね、と、綾葉は綾葉らしく、最初の注文をすませたときに最後の予定まで立てた。

そして飲みながら食べながら、会社をやめた経緯を僕に説明した。

「ほら、わたしが入社した次の年にはもうコロナがひどくなっちゃったじゃない。だから、会社の人たちともそんなに会えなくなって。仕事を教えてもらうのもメールで、となっちゃったの。それは結構きつかった。まず、わからないことをその場で訊けない。その人の仕事の邪魔をすることになるから何度もは訊けない。わからないことは溜めておいて、あとでまとめて訊くって感じ。そうなると、仕事もそんなには進まないのよ。で、わたしがした質問の趣旨をとりちがえた答が返ってくることもあって。訊き方を変えて質問しても、それさっき答えたよね、みたいな返信が来たりもして。どうすればいいのよって思った」

「会社は、そうだろうなぁ」

会社だけではない。バンドもそうだった。

大学を卒業して一年も経たないうちにコロナが始まってしまった。ライヴハウスは軒並み閉まり、ライヴをやれなくなった。スタジオも軒並み閉まり、練習もやれなくなった。コンテストもオーディションもほとんどが中止になった。すべてが止まってしまった。ただでさえ行き詰まりつつあった僕らは、それで完全に行き詰まった。

「でもコロナのせいだけじゃなくて」と綾葉は言った。「大手だからこうなのかなとも思った」

「どういうこと?」

「何か、自由なようで不自由」

「あぁ」

「一つのことにいろんな部署が関わってたりもするから、実際の責任者が誰なのかよくわからなかったり。で、誰の責任にもならなかったり。誰も責任をとらなかったり」

「でも何かトラブルが起きたのなら、相手がいるはずだよね?」

「その相手にはわたしたちが謝るの。直接やりとりしたわたしたち担当者が」

「上は出ていかないの?」

「出てこいと言われたときだけ出ていく。といっても、やっぱりコロナだから、リモートで登場するだけ。軽く謝って、あとは飯島がやりますのでって言うだけ。そのあと、これもまたリモートでわたしに文句を言うわけ。ちゃんとやってくれなきゃ困るよって。そんなときに画面がフリーズしたりすると、ラッキー! と思ってた。あれっ、止まっちゃってますよ、と言う声が変に弾んだりして」

と、そこまでで一時間ぐらい。

綾葉と思いのほか普通に話せたことに安堵した。カレシカノジョであった大学生のころより、むしろ気楽に話せているかもしれない。

この日の三杯め、メロンサワーを半分ほど飲んだところで、綾葉は言う。

「わたし、就職するなら大手のほうがいい、みたいなこと言ったよね? 永田くんに」

「言ったっけ」

「うん。言った。何なら、絶対大手じゃなきゃダメ、くらい言った」

　言ったかもしれない。よく覚えていない。僕自身が就活をしないから、そんなに真剣には聞かなかったのだろう。

　カノジョの話を真剣に聞かないカレシ。ダメだ、そんなカップルは。いや、カレシは。

「しかもさ、就職しない永田くんに当てつけみたいな感じで言ったのよ」

「そうだった？」

「そうだった」

「当てつけられた覚えはないけど」

「わたしは当てつけた覚えがある。すぐには就職しない永田くんがちょっとうらやましかったんだね。いや、そうじゃなくて。癪に障ったのか」

「就活しないでバンドとかやってんなよって？」

「うん」

「このキリギリス野郎が！　って？」

「そこまでは言わないけど」と笑い、綾葉は言う。「大手の電気通信会社なんて、民間だけど公務員みたいなもんじゃない。つぶれることは、まずないだろうし」

「ないだろうね」

「でも入ってみたらそんなだった。わたしが思ってたのと、ちょっとちがってた。って、こう言うと会社が悪いみたいに聞こえちゃうかもしれないけど。そうじゃないの。別に会社を責めたいわけじゃないの。単純に、わたしが無理して入ったのがよくなかった」

「それは、どういうこと？」

「わたしたちの学校は、社員の出身大学のレベルで言うと、一番下なのよ。上は東大もいるから。しかも何人もいるから。それで実際、できる人はできるし。そういうとこだと、なかなか難しい」

「うーん」

「鶏口牛後（けいこうぎゅうご）ってあるでしょ？」

「鶏口となるも牛後となるなかれ」

「うん。あれ、正しいかも。最近、やっとそう思うようになった。今の会社に入ってから」

「えーと、温浴施設の会社だっけ」

「そう。その運営会社。運営もそうだけど、プロデュースがメイン。依頼を受けて、これこれこういう施設にしましょうと企画を提案したりとか」

「あぁ」

「コロナも落ちついてきたんで、今はあちこちに行ってるよ。東京以外にも。まだ二年めだけど、それでも今のほうが働いてる実感がある」

「牛の後ろじゃなく、鶏の先頭にいるわけだ」

「先頭ではないけどね。新人だし」そして綾葉は言う。「安定をほしがっちゃダメなんだね。いや、ほしがるのはいいんだけど。それを第一に考えなくてもいいってことなのかな。実際、わたしはやめちゃってるから、見ようによっては安定してなかったってことでもあるし。永田くんにあんなふうに言ったことを後悔したよ。あれ、取り消す」

「安定も大事でしょ。おれだって、今は行政書士試験を受けようとしてるわけだし」

「でもそれは個人としてやってることじゃない」

「そうだけど。発想は同じだよ。国の後ろ盾をほしがってる。それがあれば安定すると思ってる」

「だから、ほしがるのは別にいいでしょ」

「そう言ってくれるならありがたいよ。綾葉のその言葉も、後ろ盾にはなる」

明太マヨオムレツを食べる。明太マヨ。それも、言葉として落ちついた感じがあるよな、と思う。おにぎり、ピザ、パスタ。今は様々な明太マヨがある。僕は明太マヨはんぺんが好きだ。あれを食パンに挟んで食べるとうまい。

「わたしさ、今さら音楽とか聞いてるよ」

「ん？」

「ロックとまではいかないけど、そういう感じの音楽を聞くようになった。電車のなかとかでも聞いてる。通勤電車でも、出張で地方に行く電車でも」

「そうなんだ」

「大学のときさ」

「うん」

「バンド、もうちょっと観に行っておけばよかった。永田くんのドラム、ちゃんと聞いておけばよかった」

春太くんにも言ったように、ドラムは中学生のときに始めた。

バンドを組んだとか、そういうことではない。

中学に上がったとき、吹奏楽部に入ろうか迷った。これは本当に迷った。普通の学校なら、たぶん、入っていた。だが僕の学校のそれは、活動がかなり盛んだった。それで二の足を踏んだ。結局は入らなかった。

一年生の一学期のうちにもう、入らなかったことを後悔した。それでいて、皆がすでにスタートを切っていたその段階で入る気にはならなかった。ただでさえ初心者。スタートの遅れはもう取り戻せないと思ってしまったのだ。

そのあたりのグズグズモヤモヤは、もしかしたら、前年の父と母の離婚が影響していたのかもしれない。と、そのせいにするのもずるいが。多少はあったかもしれない。

ほかの部にも入らず、結局は帰宅部。だが何かやりたかった。自分でできる何かを。

そしてドラムを思いついた。吹奏楽部に入るか迷ったくらいだから、音楽は好きだったのだ。どうせなら、自身が好きな曲、吹奏楽部ではやらないような曲、をやりたかった。吹奏楽部にもドラマーはいたのかもしれない。そのあたりはよく知らない。いるのだとすればそのドラマーよりうまくなってやろう。そう思った。

僕の自宅は２ＬＤＫのマンション。ドラムセットなど置けない。たとえ一戸建てでも無理だろう。だがドラムセットそのものはなくても練習はできるはず。音楽を聞くことはできるのだから、それに合わせて練習することはできるはず。

ということで、まずはドラムスティックを買った。

言い方は悪いが、所詮（しょせん）は木の棒。千五百円ぐらいで買えた。手持ちのこづかいで充分。母にねだるまでもなかった。

そして僕は少年ジャンプや少年マガジンを叩きだした。悪口を言ったとか中傷したとか、そういう意味ではない。タンタンと叩きだした。

いろいろな音楽を聞きながら、毎日叩いた。その音楽が個人的に好きである必要はなかった。アニソンにＣＭソング、童謡に演歌。何でも練習の素材にはなった。たとえドラムがないものでも。リズムがない音楽などないから。

高校では軽音学部に入り、すぐにバンドを組んだ。中学の吹奏楽部同様、そこも活動は盛んだったが、もう引け目を感じることはなかった。むしろ望むところだった。

とにかく叩いてやろうと思い、三つのバンドをかけもちした。校内で二つ、校外で一つ。ドラマーは自分から働きかけなくても声はかかるのだ。数が少ないから。

ちゃんと練習すれば、ある程度は叩けるようになる。と僕は春太くんに言った。これはそのとおり。ただし、練習をしなければ無理だ。

リズム感は誰にでもある。だからといって、誰もが初めから正確なリズムを刻めるわけではない。

例えばハイハットとスネアドラム。

ハイハットというのは、小さなシンバルが二枚重ねになったあれだ。スネアは、そんなに厚さがないドラム。小太鼓。ドラマーがリズムを刻むときに主に叩くのがこのハイハットとスネアだ。

8ビート(エイト)で言うと。♪ツン、ツン、タン、ツン、ツン、ツン、タン、ツン♪　この、ツン、のときにハイハットを叩き、タン、のときにハイハットとスネアを同時に叩く。右利きなら、ハイハットは右手で、スネアは左手で。

この同時。簡単に思えるが、実はそうでもない。机やテーブルの縁を両手の人差し指で叩いてみればわかる。♪ツン、ツン、タン、ツン♪　の、タン、で、左右同時に叩いているつもりにはなれるだろう。だがちゃんと聞いてみてほしい。まったく同時に叩けてはいないはずだ。結構ずれてしまっているはず。ずらさずに一曲叩きつづけるのは簡単ではないのだ。リズムはそんなに甘くない。

高校生のころは、多くのドラマーの演奏も聞いた。

僕が好きなドラマーを一人挙げるなら、それはスティーヴ・ガッドになる。フュージョン畑の人だが、ジャズにロック、何にでも対応する。万能型のセッションドラマーだ。ガッドは本当にうまい。人に合わせつつ、自分の味も出せる。

珍しく彼がリーダーとなって結成したバンド、ザ・ガッド・ギャングが、『ウォッチング・

ザ・リヴァー・フロー』をやった。ボブ・ディランがつくった曲だ。

この演奏はいい。ガッドだけでなく、バンド全体がいい。力のある人たちが、力を抜いてやっている感じ。アフターアワーズ的な寛ぎに満ちたその感じ。どこかブルースの香りもするこの演奏が、僕は本当に好きだ。空気感がいいので、何度でもくり返し聞ける。これに関しては、ドラムをやめた今でも聞く。

大学でも僕は軽音サークルに入り、バンドを組んだ。

メンバーは、ヴォーカルの古井絹枝とギターの伊勢航治郎とベースの堀岡知哉。皆、同い歳だ。バンド名は、カニザノビー。

曲はすべて航治郎がつくった。詞は古井さんが書いたが、たまには僕も書いた。古井さんに頼まれたのだ。航治郎とトモとちがって永田くんは書けそうだから書いてよ、と。女性が書いた詞だけでなく、男性が書いた詞もうたいたい、ということだったらしい。

僕はドラマーだが、コーラスもやっていた。ハイハットのわきにマイクを立て、ドラムを叩きながらうたっていた。航治郎とトモはやりたがらなかったので、僕がやった。それも古井さんの要請だ。航治郎とトモとちがって永田くんはうたえるんだからうたってよ、という。だから結構うたった。古井さんとハモることもあった。

オリジナルとコピー。やる際のちがいが一番少ないのがドラマーだろう。それは結局、音階がないからだ。ギターやベースのようにフレーズを自分で考える必要がない。もちろん、ドラムなりのフィルイン、いわゆるおかずを考えたりはするのだが、それは文字どおりおかず。主食感はない。

コーラスは、まあ、ドラマーでも普通にやるとして。詞を書いたのは、せっかくオリジナルをやるんだから何かしたいな、と思ったからだ。やってみたら、楽しかった。詞を書くというその作業が案外しっくりきた。

一曲では収まらなかったので、いきなり三曲分書いてしまった。どれかいいのを選んで、と渡したのだが、古井さんは、何と、三つとも選んだ。そして、全部いいから、と言い、航治郎に曲をつくらせた。

詞からつくるパターンは初めてだからムズいな、と航治郎は言ったが、あっさりつくってきた。わずか一週間で三曲を。それが、『土星』と『削れ』と『くらげ』だ。

詞を書いたのだから、タイトルも僕が決めた。カニザノビーの曲のタイトルは三音で統一することにしていたので決めやすかった。変に迷うことがないのだ。

バンドは、多ければ週一、少なくても二週に一回のペースでライヴをやった。渋谷でも下北沢でも吉祥寺でもやった。渋谷と下北沢はともかく、志村三丁目から吉祥寺はちょっと遠かったが、巣鴨(すがも)と新宿で乗り換えて、どうにか通った。

ライヴ後は航治郎のアパートに僕ら三人が泊まることもあった。

場所は東急東横線の都立大学。電車で行くとまわり道になって、志村三丁目に帰るのと大して変わらない時間がかかるのだが、車だとそうでもない。だから四人でタクシーに乗った。

航治郎のギターにトモのベースに僕のスネアドラム。荷物はたくさんあり、それらを後ろのトランクに入れるだけで時間がかかった。それをいやがるドライバーもいたが、なかには進んで手伝ってくれるドライバーもいた。僕らと歳が近そうな女性ドライバーだ。

ありがとう。運転手さんは天使！　おれのカノジョ以上に天使！　とふざけて航治郎が言っていた。

そのカノジョというのが、古井さんだ。

そう。二人は途中から付き合うようになっていた。つまり、僕とトモは、カレシカノジョと同じ部屋で寝泊まりしたわけだ。

おれのカノジョ以上に天使！　という冗談をそのカノジョの前で言える航治郎のことが、当時はちょっとうらやましかった。僕は綾葉にそんなことを言える感じではなかったから。

大学を卒業してからも、つまり綾葉と別れてからも、バンドは続けた。

言ったように、いずれ資格をとろうとは思っていた。もうまさに漠然とだ。そしてその漠然とがちょうどよかった。もう少しバンドもやりたかったから、いずれ資格をとる、が自分へのいい言い訳になったのだ。

このころでもまだ行政書士を考えていたわけではない。ただ単に、資格。行政書士はむしろ外していたかもしれない。父の絡みであまりいい印象はなかったから。

だがバンドも解散していよいよ向き合わなければいけなくなったとき。逆にそこへ行こうと思った。行ってやろう、腑抜けた父にはできなかったことをやってやろう、と。今考えれば。中学生でドラムを始めたときの気持ち、に近かったかもしれない。逃げた末の相対、という意味で。

「じゃあ、最後にボンゴレうどんを頼んでいい？」と綾葉が言い、

「あれっ、チーズリゾットじゃないの？」と僕が言う。

「うん。やっぱりそっち。そこは柔軟に変更。予定なんて変えちゃえばいいんだってことを、わたしもこの数年で学んだわけ。牛後のときは重かったけどね、鶏口になると動きは軽いのよ。ハイボール、もう一杯飲む？」

「どうするかな」

「飲みなよ。わたしのおごりだから」

「え？」

「今日はわたしのおごり」

「何で？」

「だって、わたしが誘ったし」

「いいよ、そんな」

「永田くんはまだ修業の身でしょ？　わたしは働いてるからいい。わたしが出す。って、そういうの、いや？」

「いやじゃないけど」

綾葉の横顔をチラッと見る。

大学生のころと少し感じが変わったような気がする。そのころの綾葉なら、そういうの、いや？　とは言っていなかっただろう。出すと言ったら出す。それで終わりにしていたはずだ。

もし僕が去年の行政書士試験に合格していたら。綾葉は例えば今日ここで復縁を提案したりしていたのだろうか。

もし僕が今年の行政書士試験に合格したら。僕は例えば綾葉に復縁を提案したりするのだろうか。

久しぶりに酔った頭で、そんなことを考える。

ギヴアンドテイクとかそういう話ではなく。ただシンプルに。

愛さない人は愛されない。

そんなことも思う。

僕は言う。

「ハイボール、もらうよ」


また新宿にいる。

今度は西口。ホテルのなかにある中国料理店だ。明らかに高級店。自分で選んだのではなく、前もって決められていたので、そうなった。

一緒にいるのは綾葉ではない。母。呼ばれたのだ。会わせたい人がいるからと。

そう言われたとき、誰？　と僕は尋ねた。まあ、会って話すわよ、と母は答えた。

会わせたい人。母が息子に言う言葉ではない。僕は当然、再婚相手、を予想した。

だがそのあとに、もしかして、と思った。僕自身の相手だったりして、と。見合相手、みたいなものだ。ただ、それはすぐに打ち消した。行政書士試験に合格したならともかく、していない今の段階でそれはない。

そのあとは、こう。

いや、そういう相手ではなくて。どこかの会社の人とかだったりして。つまり、僕に職を斡旋するのだ。もう試験を受けるのはやめて働きなさい、愚かな父親と同じことをするのはやめなさい、ということで。いや、それは困る。と、あくまでも自身の希望として、打ち消した。

次は夢想。

もしかして。父？　復縁するとか？　あるいは。僕が知らなかった異母兄弟、とか？　いや、でも。異母兄弟なら、母が僕に紹介したりはしないか。

で。

いざ会ってみたら。初めに予想したこれ。最も妥当なこれ。再婚相手、だった。

夜景が見られる個室。六人ぐらいが座れそうな円卓席に三人で座った。中国料理店らしい、あの回し台が付いた円卓だ。

母とその人は先にいた。最後に来たのが僕。

その僕が席に着くなり、母は言った。

「お母さん、再婚するから」

「あぁ。そうなの」

「驚かないの？」

「驚かないよ。予想はしてたし」

「してたんだ」

「そりゃするでしょ」

「そりゃするか」

自分のなかではもう少し話をふくらませていたことは伏せた。

「この人はね、スズムラヘイゴさん。鈴木さんの鈴に村に平らに『吾輩は猫である』の吾で、鈴村平吾さんね。お母さんの同級生」

「こんばんは。初めまして」とその鈴村平吾さんが言った。母の同級生ということは、今年五十六歳だ。

「どうも。こんばんは」と返し、僕は母に言った。「どこの？　というか、いつの同級生？」

「中学校。その前の小学校も同じ。だから六歳から知ってる。いや、幼稚園も同じだったはずだから、もっと前からか」

「そうだね」と鈴村さん。

「でも、まあ、そのころのことはほとんど覚えてないし、小学校中学校でも、話したことがあるくらいで、別に親しくはなかったから。高校と大学は別で、そのころに会うこともなかった」

母は大宮の出身だ。さいたま市の大宮区。僕が生まれたころはまだ埼玉県大宮市だったらしい。鈴村さんもそこ出身ということだろう。

ちなみに、僕の父は、同じ埼玉県の熊谷(くまがや)市の出身だ。夏の暑さで度々話題に上るあの熊谷。小学生のころに行った記憶がある。

ここで給仕の男性がやってきて、コース料理の説明をする。

冷菜に始まり、フカヒレに北京(ペキン)ダックに蝦夷(えぞ)アワビにリブロースステーキにロブスターのチリソースに蟹(かに)と帆立(ほたて)のチャーハン。それらが全部出てくるらしい。

お酒は、紹興酒(しょうこうしゅ)かと思いきや、ワイン。フランス、イタリア、ニュージーランド、アメリカ、日本。様々な国のものがあるという。

そのなかから、鈴村さんと母が白ワインを頼む。僕も同じ。従う。

そしてその白ワインで、まずは乾杯。といっても、そこは円卓。距離があるので、それぞれにグラスを掲(かか)げるだけ。

一口飲む。飲み慣れていないからよくわからないが、たぶん、おいしい。

次いで料理が運ばれてくる。

何も訊かないのも何だと思い、僕が母に訊く。

「高校でも大学でも会わなかったなら、どうやって再会したの？」

「就職してからの同窓会で会ったのよね？」と母が言い、

「うん」と鈴村さんが言う。

「まあ、そのときもただ話しただけ。鈴村くん、いい会社に入ったねぇ、とか、そんなことを言ったのかな」

母はその会社名を挙げる。重工業の会社だ。大手も大手。

「いい会社、ですね」と僕も言う。「えーと、今もそちら、なんですよね?」

「そう」と母。「部長さん」

「おぉ。すごい」

「いやいや。部長といってもピンキリだから」と鈴村さん。

「ピンキリってことないでしょ」とやはり母。

「いや、ほんと、部署によって格はちがうよ」

「今は本社だけど、あちこち行ってたのよね。どこだった?」

「横浜(よこはま)と、長崎と、広島」

「ほとんどが単身赴任」

「うん」

「ということは」と僕。

「お母さんと同じ。鈴村さんも再婚。離婚したのは、あれ、何年前だった?」

「えーと、七年前か」

「じゃあ、四十九歳のときだ」

「そうなるね」鈴村さんは僕に向けて言う。「子どもは二人いるよ。別れた奥さんが引きとった。上が女で、下が男」

「お姉ちゃんが、二十六?」と母。

「うん。弟が二十三。今年就職した」

今二十六歳と二十三歳なら、七年前は十九歳と十六歳。そのぐらいだと、親の離婚はどうなのか。

僕は十二歳のときだった。結構響いた。十六歳ならもう、そうでもないかもしれない。十九歳なら、まったくかもしれない。まあ、理由にもよるだろうが。

僕のそんな思いを察したのか、母が言う。

「鈴村さんが浮気したとかじゃないわよ」

「あぁ。うん」

「本当に、してないわよね？」と母が冗談めかして尋ねる。

「してないよ」と鈴村さんは律儀(りちぎ)に答える。「まあ、ぼくが家庭をほったらかしにしちゃったんだね。仕事ばっかりになって」

「単身赴任してたんだからしかたないような気もするけど」とこれも母。

「普段何もしてやれないことの埋め合わせ、というようなこともしてやれなかったのかな」

「今も会ってはいるのよね。お姉ちゃんとも、弟さんとも」

「うん。年に一度は」

母はその二人の名前まで僕に明かす。

姉が水口真百合(みずぐちまゆり)さんで、弟が竹森大樹(たけもりだいき)さん。竹森さんが、鈴村さんの元妻明日乃(あすの)さんの名字。

真百合さんは去年結婚したので、今は水口さん。

鈴村さんと明日乃さんは離婚しているから、二人が僕の義理の妹や弟になるわけではないだろう。では何なのか。離婚した母と再婚する人の、子。僕との関係は。もう何だかよくわからない。他人、でいいのだろう。実際、会うことはないはずだし。

「それで」と僕は言う。「何で結婚しようと思ったわけ？」

「親にそういうこと訊く？」と笑いつつ、母は説明する。「再会したあとにもね、何度か同窓会があったのよ。ほら、あんたが子どものころにも、お母さん、行ったことあるでしょ？」

「そうだっけ」

「そう。五年に一度ぐらいはやってたから。やるのはゴールデンウィークなんで、鈴村さんも来てたし。単身赴任してたときも、来てたわよね？」

「行ったね。長崎から飛行機で来て、同窓会に出て、家に帰って、奥さんとケンカして、飛行機で長崎に戻った。そんな記憶があるよ」

「せっかく帰ってきたのに同窓会に出ちゃってたわけね。そりゃ奥さんも怒るか」

「あまり家にいたくないから同窓会に行ったような感じもあるんだけど」

「そのころからお母さんとのあいだに何かあったとか、そういうことでもないからね」と母が際どいことを僕に言う。

「奥さんとはもう顔を合わせればケンカをするようになってたんだね」と鈴村さんも補足する。

「と、まあ、そんな感じで、五年ごとに顔を合わせてたわけ。そのたびにお互いの近況も伝えて。鈴村さんが離婚したことも知って。それならってことで二人でご飯を食べたりもして。それでかな。案外あっさりよ。お互い、歳も歳だし、結婚しちゃいましょうか、みたいな感じ。ね？」

「うん」と鈴村さん。

「五十代半ばで今さらロマンチックなこともないしね。どっちも一人なら、一緒になってもいいか。と、ほんとにそんな感じよ。それで今日のこれ。あんたに鈴村さんを紹介」

「家はどうするの？　新居」

「今鈴村さんが住んでるマンションに移るかな」

「どこ？」

「根津(ねづ)。千代田(ちよだ)線。駅のすぐ近くよ。徒歩一分」

「へぇ」

「やっぱり大手町に一本で行けるし、近くもなるから、お母さんも便利」

「じゃあ、今のマンションは、出るんだ？」

「そうなるわね。もしあれなら、あんたが住む？」

「一人じゃ広いよ」

「お母さんは一人で住んでるわよ」

「そうだけど。家賃は払えないし」

「あんたが試験に受かるまでは残しといてもいいわよ。それまでの家賃は出してあげる。お母さんの分は浮くから」

「いいよ。そこまでしてあそこに住む理由もない」

「実家じゃない」

「まあ、あんたがいいならいいけど」

「うん。いいよ」

「で、それはそれとして」

「何？」

「受かんなさいよ。今年」

「うん。とそこも言いたいとこだけど。さすがにどうなるかはわかんないよ」

「わかりなさいよ。受かりなさいよ」

「行政書士の試験も大変だからね」と鈴村さん。

「でも公認会計士とか司法書士とかとくらべたら楽なんでしょ？」

「その二つとくらべちゃダメだよ」

「とにかく。がんばんなさいよ。今もがんばってはいるだろうけど、そのがんばりを、試験まで続けなさいよ」

「うん」とそこは言い、白ワインから切り換えていた赤ワインを飲む。

やはりよくわからないが、わからないなりにおいしい。

「じゃあ、わたしたちの結婚をあんたも了承、ということでいいわね？」と母が言う。

「いや、了承も何も。好きなようにしてよ。僕の了承なんていらないよ」と返す。

「あ、そうそう。忘れるとこだった。これも言っとくわ」

「何？」

「お父さんも再婚したみたい」

「え？」

「あんたのお父さん。若菜さん。再婚したみたい」

「そうなの？」

「うん。共通の知り合いだった人に聞いた。三年くらい前だって」

「相手は？」

「詳しくは知らないけど。何か、実家が商売をしてる人で、お父さんもそれを手伝ってるとかって。まあ、幸せにやってるみたい」


幸せにやってる。

父のことで、母の口からそんな言葉が出てくるとは思わなかった。

離婚してからというもの、母が父について僕に何か話すことはなかったのだ。それがここへ来て、あっさり。しかも、自身の再婚を告げると同時に。

時間は経ったということなのか。

というよりも。離婚したことで母のなかではすべてが終わっていた、すべての問題は解決していた、ということだったのかもしれない。父とのあれこれはもう過去のことだから口にしなかっただけで、母自身は離婚を少しも引きずっていなかった。母は引きずっているとの思いを、僕自身が引きずっていた。そういうことだったのかもしれない。

何だろう。いろいろなことがバカらしくなった。行政書士試験を受けようとしていたこと。父を超えようとしていたこと。それ自体がもう、ひどくバカらしくなった。

超えるも超えないもないのだ。まず、下まわってもいないのだし。何せ、父は、合格する前にあきらめてしまったのだから。

僕も試験を受けるのをやめ、いっそのこと就職でもしてしまおうか。そしてこないだのお返しだと言って綾葉を誘い、今度は自分がおごろうか。

と、そんなことを考えながら、板橋区立中央図書館を出る。

やはり二時間、学習ルームで家庭教師の授業の準備をしたのだ。

そして福崎家とは反対方向にある石戸家へ向かう。今日は水曜。これから隆之介くんの授業だ。

ちなみに、石戸家のマンションから僕の実家マンションまでは、歩いて二十分ぐらいで行ける。隣町なのだ。

図書館がある板橋区平和公園の敷地を出ると、すぐにスマホに電話がかかってくる。

画面に表示されたのはこれ。石戸さん。隆之介くんのお母さんだ。

「もしもし」

「もしもし。先生、すいません。隆之介の体調が悪いので、今日はなしにしてください」

「あぁ。そう、ですか」

「ごめんなさい。また直前で」

「あ、いえ。だいじょうぶですか？　隆之介くんは」

「はい。そんなにひどいことはないかと。ただ、ちょっと頭が痛いみたいで」

「では、あの、代わりの日は」

「なしで。でも土曜日はだいじょうぶだと思いますので。よろしくお願いします」

「はい。えーと、お大事にしてください」

「ありがとうございます。失礼します」

「どうも。失礼します」

通話が切れる。

話していたのは、三十秒弱。

このまま歩いても意味がないのだと気づき、立ち止まる。ふうっと息を吐く。

隆之介くんは、これがある。四月から、三度め。月一回の計算だ。前の二回も、振替の授業はできなかった。都合のいい日があれば連絡しますと言われたが、その連絡は来なかったのだ。

授業がなしになると、当然、時給は支払われない。それは、痛い。準備が無駄になりはしないが、授業内容は見直さなければならない。全体をカバーできるよう、キュッと圧縮しなければならない。

まあ、体調が悪いのならしかたがない。

と、こう言っている時点で、そんなには悪くないのだろうと僕は思ってしまっている。要するに、隆之介くんの気分が乗らないだけなのだ。

たぶん、今日も学校には行ったし、明日も行くのだろう。でも家庭教師に来られるのはダルいな、となってしまった。で、隆之介くんのお母さんも、それを受け入れてしまった。

別に僕の授業が気に入らないわけではないのだと思う。もしそうなら、会社に教師の変更を要請するはずだ。そうされる感じはない。特に嫌われている感じもない。福崎家とちがってお菓子までは出てこないが、いつも冷たい麦茶の一杯ぐらいは出てくる。お母さんがいないときでも、それは隆之介くんが出してくれる。

さて、どうするかな、と思い、ときわ台駅に向かってときわ通りを歩く。片側一車線だが、歩道もある道だ。

父や母のことを考えたり考えなかったりしながら進み、東武東上線の線路沿いの道に移る。こちらは細く、歩道もないが、車はそんなに通らないので歩きやすい。

そのまま駅前を素通りする。左には曲がらない。まだアパートには帰らない。すぐそうする気には、ならない。

ということで、当てもなく歩きつづける。

突き当たりで線路の下をくぐり、歩道橋で環七通りを渡る。また線路をくぐってしばらく歩き、今度は小さな橋で石神井川を渡る。少し行くともう、隣の中板橋駅だ。

ときわ台駅とこの中板橋駅は近い。環七通りと石神井川を渡るから歩くと十分かかるが、線路の距離なら七百メートルぐらいしかないのだ。ほとんどバス停間の距離とも言えるだろう。

そこまで来ても、やはり当てはない。次の大山駅へ向かう。

このまま池袋まで行ったりしてな、と考えたところで、大山に音楽の貸スタジオがあることを思いだす。

スタジオは、当日に空きがあれば個人練習ができる。スタジオ側としても、空いたままにしておくなら低料金でもつかってもらったほうがいい。だから安く利用できるのだ。

スタジオには、もちろん、ドラムセットがある。バンドがスタジオを借りて練習するのは、結局、それが理由。そこにドラムセットがあるから。

実際、スタジオに入る際に一番昂るのはドラマーだろう。ジャンプやマガジンではない。そこでは本物のドラムを叩けるのだ。それは、沸く。

バンドもドラムもやめて二年強。スネアドラムは売ってしまったが、かさばるものでもないので、スティックはまだ何本かアパートの部屋に残している。とはいえ、今は持っていない。

まあ、ドラムスティックぐらいはタダで貸してくれるだろう。

そんなわけで、当てができた。

アプリの地図で場所を確認。勇んでスタジオに行ってみた。個人練習をしたいと言ってみた。

すると。

まさかのこれ。空きなし。

店員さんはこう説明した。

「いや、平日でこんなのも珍しいんですよ。でも近くの高校の子たちが日曜にデカい企画ライヴをやるらしくて。だから今週はほとんど埋まっちゃってます」

「あぁ。そう、ですか。残念」

以上。

思いつきからおよそ二十分で、僕の昂りはあっさり静まった。

入って二分でスタジオを出て、大山駅に向かう。

図書館に併設されたカフェで飲みたいと思いつつ飲まなかったコーヒーを、どこかのカフェで飲もう。今日はいいだろう。事情が事情だし。

飲みながら、詞でも書くか。

ドラムはやめてしまったが、詞は今もたまに書くのだ。詩ではない。あくまでも、詞。音楽に乗ること、うたわれることが前提。どこぞのバンドに提供するとか、そういうことでもない。ただ自分のために書く。

詞を書いて一つの形にまとめると、何か落ちつくのだ。その時々の感情を言葉に置き換えることで気持ちが整理されるのだと思う。

駅のすぐわきにある踏切を渡り、アーケードがある商店街に入っていく。

あらためて、考える。

これでよかったのだ。変にドラムを叩いたりしなくてよかったのだ。今の僕が久しぶりにドラムを叩く。それは明らかに後退だろう。詞は今も書いているからいい。だがドラムは、はっきりとやめた。それをまたやるのは後退だ。そこまで後退しなくてよかった。スタジオに空きがなくてよかった。個人練習に充てるつもりでいたお金でコーヒーが飲める。よかった。

次いで、こうも考える。

でも。そうか。このところラッパーやダンサーに押され気味だが。バンドをやる子たち。自分たちでそんな企画ライヴをやる子たち。まだいるのか。

がんばれ、高校生。がんばってくれ、バンドボーイズ、バンドガールズ。

僕もまた、ちがった形でがんばろう。

本当に、そうだ。

がんばろう。行政書士の試験。受けよう。受かろう。

父がどうこうではない。母がどうこうでもない。ただやろう。何かを超えていこう。

そして。

そのためにも、隆之介くんとちゃんと向き合おう。僕のほうからあれこれ話し、ちゃんと関係を築いていこう。

春太くんは自分からいろいろ話してくれるので、僕は聞いているだけでよかった。それだけで、いい関係を築けた。隆之介くんには、僕から話していこう。

正直。春太くんは楽で、隆之介くんはちょっと面倒。そう思ってしまっていた。

が。

春太くんだけではない。隆之介くんだって、もちろん、高校入試には受かってほしい。自分が行きたい学校に行ってほしい。

何なら軽音楽部にだって入ってほしい。やってくれるならドラムだってやってほしい。と、さすがにそこまでは話さないが。いきなり僕がそんなことを言いだしたら、隆之介くんもぎょっとするだろうから。それがお母さんにも伝わり、教師の変更を要請されてしまうおそれもあるから。

ようやくゼロになった。ここからだ。

大学では、志望校の入試に落ちた。第一志望にも第二志望にも落ちた。

今度こそ、受かる。綾葉に復縁を提案するためとかそんなことではまったくなく。ただただ自分のためにやる。

結果、受かって、復縁を提案する気になるのなら。まあ、それはそれでいい。

ギヴアンドテイクとかそんなことでもまったくなく。ただただ綾葉を好きになれるのなら。それはそれでいい。

そうしたい。

うたう　音楽的に発声する　古井絹枝　V

二十七歳。母がわたしを産んだ歳になった。

なって三ヵ月。何というか、人としてこんな感じのときに母はわたしを産んだのだな、と思う。

子どものころは、二十七歳で母親になるのは普通だと思っていた。今はそうは思わない。早い、と思ってしまう。実際、わたしに子を産む気配はない。

初産（ういざん）の平均年齢は三十一歳ぐらいらしい。わたしはどうか。誰かと知り合って、付き合って、結婚して、それから。三十は余裕で過ぎてしまう可能性が高い。場合によっては三十五も。いや、下手をすれば四十も。

と言うその前に。わたしは子を産むのか。産みたいと思っているのか。

思っていないことはない。それすなわち思っている。だから、思っている。というのが実感に近い。

と、まあ、そんなことを考えながら、歩いている。

最近、よく町を歩くようになった。自分が住む町を知りたいというか、見たいのだ。お金をかけずに楽しめるから、という理由もある。歩くのは体にもいいはずだし。

町を歩いていると、今みたいに、いつの間にかいろいろなことを考える。わざわざ考えにいく必要はない。気がつけば考えている。

その感じで歩いていると、まさにいつの間にか遠くまで来ていたりする。ちょっと意外な駅に差しかかったりもする。

そこでやっとアプリの地図を見て、あぁ、こんなふうに歩いてきたんだ、と思ったりする。遠くまで来たつもりだったけどそうでもないのか、この町とこの町が近いだけなのか、と思ったりもする。

東京は、必ずしもわかりやすい道で区と区が分けられているわけではない。場所によっては区境がジグザグで、二区もしくは三区が複雑に入り組んでいたりする。

例えば中野(なかの)区を歩いているつもりがいつの間にか新宿区に入っていることもある。そうかと思えばいつの間にか中野区に戻っていて、それでまたいつの間にか新宿区に入っていることもある。で、今度は渋谷区をかすめて中野区に戻ったりする。

初めから長く歩くつもりのときでも、西側の杉並区方面にはあまり行かない。少しは土地鑑があるからだ。

避けているわけではないが、どうせ行くならそんなには知らないほうへ行きたくなる。だからどうしても東側の新宿方面や南側の渋谷方面を選んでしまう。すでに知っている新宿駅や渋谷駅には行かないが、中野区からそこまでのあいだをウロウロする。例えば初台(はつだい)の辺りとか、参宮橋(さんぐうばし)

の辺りとか、代々木上原の辺りとか。

西側なら。昔住んでいた井荻にだって、行こうと思えば行ける。たぶん、一時間半ぐらいかかるが。

井荻は、言ってみれば故郷だ。徒歩一時間半で行ける故郷。でも肉親はいないし家もないから行くこともない、故郷。

何にしても、基本的には住んでいる町を歩くことが多い。今で言えば、中野区本町や中野区弥生町。東京メトロ丸ノ内線の中野新橋駅、その東西南北を巡る感じだ。それで気が向けば、巡らずにまっすぐ歩く。

休日のたびにわたしはそんなことをしている。二十七歳。子は産まずに、歩いている。

井荻は、西武新宿線の駅。その近くにある都営住宅に、わたしは母と二人で住んでいた。

楽な生活ではなかった。はずだ。母にしてみれば。

わたし自身はと言えば。そのころはまだ中学生。楽でないと感じていたわけではない。ウチはそうなのだと理解していた程度だ。

そう。理解はしていた。

なのに。わたしは母に言った。

そういうの、貧乏くさくて、すごくいや。

中学で部活をやっていなかったわたしを、母が合唱団に誘った。母自身が入っていた地元の合唱団コーロ・チェーロ。そこに入れようとしたのだ。わたしにどうにか娯楽を与えるために。

区民センターでの練習を一度見せてもらったあと、わたしは母に言った。忘れたいのに、はっきり覚えている。一言一句ちがわないと思う。

タダだからやるの？　タダだからわたしもうたうの？　タダだから図書館に行くみたいに、タダだからうたうの？　そういうの、貧乏くさくて、すごくいや。

それを聞いたときの母のとても悲しそうな顔も、やはり忘れられない。わたしが思いだす母の顔はいつもそれだ。コーロ・チェーロでうたっているときに見せてくれたとても楽しそうな顔ではなく、毎日見せてくれていた笑顔でもなく、それ。わたしが知っている、母史上一番悲しそうな顔。

そうなのだ。わたしは母を傷つけた。たった一人の肉親を、言葉のナイフでひどくひどく傷つけたのだ。

それから数ヵ月で、母は病気になってしまった。いや。気づいていなかっただけで、そのときもうすでになっていたのかもしれない。

子宮体がん。四十代後半から増えるというそのがんに、母は四十一歳でなってしまった。そして一年で亡くなってしまった。わたしが中三のときだ。

その少し前から、わたしは伯父夫婦に引きとられていた。余命宣告を受けた母がもとの生活に戻れる見込みはなかったからだ。

伯父さんと伯母さんの言うことをよく聞いてね。と、まだどうにかしゃべれたころに母は言った。しゃべるだけ。もう、うたうことはできなかった。

わたしも、ただ泣くだけで、母を傷つけたことを謝れなかった。弱っている母に、そんなことを思いださせたくなかったのだ。母にとっては、まちがいなくいやな記憶なのだから。

最期。母は、見ていられないほどやつれていた。わたしでも抱きかかえられるほど軽そうだった。

その最期のときを、わたしはどうにか母と過ごせた。母は、待っていてくれた。午後六時。わたしがちゃんと病院にいる時間に逝ってくれた。伯父さんにも伯母さんにもわたしにも一番迷惑がかからない時間を選んだのではないかとわたしは思っている。母ならそうするだろうと。

君久伯父さんと和代伯母さんと従兄の英秋くん。わたしはその三人と暮らすことになった。

家があるのは、千葉県の船橋市。駅で言えば、本八幡と西船橋に挟まれた下総中山だ。ＪＲ総武線の各駅停車のみが停まる駅。

隣の本八幡なら都営新宿線、西船橋なら東京メトロ東西線も利用できるのに。本八幡の反対隣の市川か西船橋の反対隣の船橋なら総武線快速も停まるのに。

というグチは、わたしが言ったのではない。英秋くんがわたしに言った。

そんなのはマイナスでも何でもない。下総中山は住みやすいところだ。都内よりはもう少し静かというか、穏やかな感じになる。

しかも、家は一戸建て。不満は何もなかった。あるわけがないのだ。わたしに。

伯父さんと母は滋賀県の出身。早くに両親が亡くなり、どちらも東京に出た。仲がいい兄妹ではなかったらしい。悪いとまではいかないが、頻繁に連絡をとり合うような感じでもなかったそうだ。

とはいえ、妹は妹。その娘であるわたしに対して、伯父さんはとても親切にしてくれた。それは伯母さんも同じだった。

感謝するべきなのは、むしろ伯母さんにかもしれない。伯母さんはそもそも古井ではない。伯父さんと結婚する前は、荻さん。わたしと血のつながりはないのだ。でも伯母さんは、そんなことを少しも感じさせないくらい、わたしによくしてくれた。だからわたしも伯父さんと伯母さんを分けて考えたことはない。

伯父さんは段ボールをつくる会社に勤めている。千葉の南のほうにある工場に車で通っていた時期もあるが、今は都内の本社に電車で通っている。定年まではあと三年だ。

伯母さんは伯父さんと同い歳。わたしが一緒に住むようになってからは、常に何かしらパートをしていた。歯科医院の受付とか、レンタカー屋さんの受付とか、パン屋さんでの販売とか。結局、わたしがそうさせてしまったのだろう。

あとは、英秋くん。伯父さんと伯母さんがわたしのお父さんとお母さんにはならなかったように、英秋くんも、やはりわたしのお兄ちゃんにはならなかった。従兄はどうしても従兄だ。

歳が五つ離れていたこと、そして異性だったこと、がよかったのかもしれない。大して仲がよくなりもしない代わりに、悪くなりもしなかった。要するに、適度な距離でいられた。わたしが英秋くんの部屋に勝手に入るようなことはなかったし、英秋くんがわたしの部屋に勝手に入るようなこともなかった。

そう。わたしは自分の部屋までもらっていたのだ。それは、まあ、わたしが女子だったからかもしれない。男子なら、英秋くんと同じ部屋だったのかもしれない。

でもとにかくそれで下総中山の古井家には客間がなくなってしまった。かまわないよ、と伯父さんはわたしに言った。そもそも、ウチに来る可能性があったお客さんは君枝と絹枝ちゃんぐらい。その絹枝ちゃんにつかってもらうんだからそれでいいよ。

でも伯母さん方の親戚の人たちは泊まりに来られなくなるのではないかとわたしは思ったが、それは言わなかった。伯父さんもそこには触れなかった。

英秋くんは今、大学職員として働いている。自分が行った大学の職員になったのだ。三十二歳だが、まだ結婚してはいない。カノジョがいるのかは知らない。ＪＲ総武線の亀戸（かめいど）にあるマンションに一人で住んでいる。下総中山から亀戸へ。また快速が停まらないとこにしちゃったよ。と笑っていた。

わかる。そのほうが家賃は少し安いはずなのだ。わたしの中野新橋もそう。丸ノ内線だが、本線ではなく、中野坂上（なかのさかうえ）で乗り換えなければならない方南町（ほうなんちょう）支線。だから少し安い。

英秋くんが大学生でわたしが高校生のとき。わたしは一度だけ英秋くんに言った。普段なら言わない、こんなことを。

ごめんね。わたしが来ちゃって。

本当なら英秋くんは一人っ子としてこの家で悠々（ゆうゆう）と暮らしていられたはずなのにわたしが邪魔しちゃってごめんね、ということだ。

伯父さんと伯母さんは出かけていて、家にはわたしたちしかいなかった。

といっても、わざわざ英秋くんの部屋を訪ねて言ったわけではない。一階の居間で二人になったときに言った。英秋くんはソファに座ってテレビを見ていた。そこへわたしが二階から下りてきた。居間とつながったダイニングキッチンで麦茶を飲むためにだ。

伯父さんと伯母さんがいれば、わたしもソファに座って一緒にテレビを見た。でも英秋くんと二人だと遠慮してしまうこともあった。でもこのときはむしろチャンスだと思った。

で、わたしがそれを言ったら。

いいよ、そういうの。と英秋くんは言った。

それだけなら、わたしは誤解していたかもしれない。そんなウェットなことを言わなくていいよ、という意味にとっていたかもしれない。下手をすれば、クサいテレビドラマみたいなこと言わなくていいよ、という意味にさえ、とっていたかもしれない。

でも英秋くんはそのあとにこう続けた。

おれが同じ立場になってたかもしれないし。

初めは意味がよくわからなかった。少し考えて、わかった。伯父さんと伯母さんが亡くなって英秋くんがわたしの母の世話になるようなことだってあったかもしれない、ということだ。

ありがたい言葉だった。そしてそれで充分だった。

実際、そこで話したのはそれだけ。家族なんだからそんなこと言わなくていいよ、なんてことを英秋くんは言わなかったし、わたしを家族にしてくれてありがとう、なんてことをわたしも言わなかった。まさにそんなテレビドラマみたいなことは言わないのだ。普通。

東京都民から千葉県民になったわたしは、船橋市にある公立高校に行った。

中学ではやらなかった部活。それを高校ではやるつもりでいた。軽音楽の同好会があったので、そこに入った。同好会ならちょうどいい、と思った。で、ゆるゆると活動した。部ではないから部活ではない。言ってみれば、会活。

一年生の二学期にはカレシができかけた。そう。まさにできかけた。同好会の生徒ではない。クラスメイト。陸上部員の勝浦清継（かつうらきよつぐ）だ。

体育館の裏といういかにもな場所で告白された。本当にそんなことがあるんだな、と感心した。清継のことは決して嫌いではなかったので、付き合ってもいいかな、と思った。でも返事は保留にした。

その返事をする前に、清継は、陸上部のマネージャーになってほしいとも言ってきた。

それは断った。同時に、付き合うのも断った。その流れなら、そうなってしまう。

マネージャーの件が先でも断ってはいただろうが、せめてもう少し考えはしたはずだ。マネージャーにはならないがカノジョにはなる。そんな可能性もなかったとは言えない。

そんなわけで、カレシはできかけ止まり。できるまではいかなかった。

その後、わたしは大学にまで行かせてもらえた。そこは公立ではなく、私立。

これに関しては、母自身が入っていた生命保険が役立ったらしい。

そのあたりは、伯父さんがきちんと教えてくれた。母は亡くなる前に保険の証書を伯父さんに託(たく)した。そのお金があったから伯父さんはわたしを大学に行かせることができたのだ。

伯父さんは言った。ひとり親だったから、君枝は死亡保障を大きくしてたんだと思うよ。絹枝ちゃんのために、そう安くはない保険料をがんばってずっと払いつづけてたんだと思う。

そのときに伯父さんは、母の離婚の原因もわたしに教えてくれた。

やはり母が亡くなる前に、伯父さんが自ら訊いたのだそうだ。この先絹枝ちゃんにそれを訊かれたらどう答えればいいのかと。つまり伯父さんも、そのときまでは妹の離婚の原因を知らなかったわけだ。

あの人が手を上げるようになったから。母はそう言ったらしい。あの人。辻林忠興、だ。激しい暴力ではなかった。肩を小突くとか、頭を軽くはたくとか、その程度。でも暴力は暴力で、回数は増えつつあった。そこで母は決断したのだ。絹枝に手を上げるようになってからでは遅いと。

まあ、本当にそうなってたかはわからないけどな。と、伯父さんはわたしに言った。もしかしたら一時的なものだったのかもしれないし。でも、早めに別れてよかったんだと思うよ。別れないまま君枝が亡くなって、彼と絹枝ちゃんが二人になってたらと考えると、やっぱりそうとしか言えない。

でもそのせいで伯父さんがわたしを引きとる羽目になっちゃった。とわたしは言った。

羽目なんて言うなよ。と伯父さんは言ってくれた。二人の子を持てたんだから、おれと和代だってよかったよ。英秋にも妹を持たせてやれたし。

その言葉は、ちょっとテレビドラマっぽかった。いくらかクサい感じもあった。でもそれは好ましいクサさだった。伯父さん自身、どう言えばいいかわからなかったのだろう。

大学を卒業すると、わたしは書店員になった。

昔から、本は好きなのだ。井荻時代からの図書館通いで、たくさん読んだ。そのもの図書館で働くのも悪くないと思ったが、司書さんになるには資格が必要なので断念。ならばと書店を選んだ。

一応、正社員。有楽町（ゆうらくちょう）の店にいる。中野新橋から銀座まで丸ノ内線で通っている。今は店舗勤務だが、いずれは学校図書館への営業などもやることになるかもしれない。それはそれで楽しそうだ。そんなふうに図書館と絡めるなら。

就職して配属先が決まったところで、わたしは下総中山の家を出た。

わたしに本当の意味での実家はない。下総中山のその家が実家といえば実家。今も年に二度は行くし、愛着もある。でもそこは、わたしの実家、ではない。どうしても、伯父さん伯母さんの家、だ。

元都民だったわたしは、そんな流れで都民に復帰した。あらためて東京に出た感じになった。

今住んでいる中野新橋のアパートは、駅から徒歩五分。築十年強。六畳ないくらいのワンルームで、家賃は管理費込み六万二千円。オートロックで、洗濯機は室内置きだ。残念ながら、バスタブはなし。シャワールームのみ。でも、いい。トイレは別だから。わたし、ユニットバスはいやなのだ。

南下してきた柳通りを左に曲がり、商店街に入る。何故か駅から離れたところにある商店街だ。

ここのレンガ敷きの道は結構好き。そうしてくれるだけで、変化が生まれる。特別感が出る。そこをゆっくりと歩く。和菓子屋さんでお団子でも買っちゃうか？　と思っていると。スマホに電話がかかってくる。

歩くときのわたしはいつもジョガーパンツ。そのポケットからスマホを取りだして、画面を見る。表示されているのは、まさかのこれ。航治郎。元カレだ。

少し迷って、出る。

「もしもし」

「もしもし。キヌ？」

「うん」

「よかった。出た。久しぶり」

「久しぶり」

「どうしてる？」

「歩いてる」

「ん？」

「散歩してる。今」

「あぁ。外か」

「そう」

「じゃあ、かけ直す?」

そうしてもらおうかと思ったが、次の電話を待つのも何だな、とも思い、言う。

「いいよ。長くはならないでしょ?」

「たぶん。というか、長くはしないよ」

「じゃあ、いい。何?」

言いながら、和菓子屋さんの前を通り、左に曲がる。商店街を離れる。その先に小さな公園があるのだ。中野区立ぱんだ公園。そこへ向かう。電話しながら商店街を歩いているよりはいいと思って。

「まずさ。よく出たな、電話」

「出るよ。航治郎って表示されたから」

「あ、消してなかったんだ?　番号」

「消してないよ」

「元カレなのに?」

「元カレなのに消してなかったわけじゃなくて。元バンド仲間だから消してなかったの」

「あぁ。そうか」

「で?」

「で、おれもバンドやめたよ。つーか、ギターもやめた」

「え、そうなの？」

「ああ。スパッとやめた。きれいに。ギター自体、売った。もうないよ。だから弾いてもいない。芽留とも別れたよ」

芽留。藤中芽留。ライヴをよく観に来ていた子だ。当時の航治郎によれば、おれらのファン。

「ということは、付き合ってたんだ？」

「うん。一応、言っとくと。二股（ふたまた）はかけてなかったからな。ちゃんとキヌと別れてから付き合った」

「いいよ、そんなこと」

「で、その芽留とも別れて、ギターもやめて、売った。その順番」

「そうなんだ」

「でさ、職業能力開発センターの木工技術科ってとこに入った」

「学校ってこと？」

「学校とはちがうな。都がやってる施設だよ。手に職をつけさせて就職の支援をする、みたいなやつ」

「あぁ」

「調べてみたらそんなに高くないから、入った」

「タダではないんだ？」

「短期課程とかいうタダのコースもあんだけど、おれのは普通課程で、有料」

「どのくらいやるの？」

「一年。四月から。有料っつってもさ、授業料は十二万ぐらいなんだよ。だったら払えるなと思って。ギターを売った金もそれにまわした。といっても、大した額にはなんなかったけど。もう、マジですずめの涙。泣きだよ。すずめのお宿公園で、一人泣いた」

「何それ」

「ほら、おれのアパートの近くにある公園」

「あぁ。竹藪(たけやぶ)の」

「竹林な」

「そのセンター、誰でも入れるの？」

「一応、条件はあるけど。高卒程度の学力がある概(おおむ)ね三十歳以下の方とかそんなだから、まあ、広く見てくれれんじゃん？　そんなに厳しいこと言わないだろ。就職したいってやつにあんたはダメって言うんじゃ意味ないもんな。まあ、何にしても、おれはセーフだよ。大卒で、二十七歳だから」

　話しているうちに、ぱんだ公園に着く。

　ベンチに座ろうかと思うが、せっかくなので、パンダのオブジェに座る。白と黒のパンダだ。隣には、黄色と茶色のライオンもいる。

「家具をつくろうと思うんだよ」と航治郎が言う。

「家具？」

「ああ。家具職人になろうと思ってる。今言ったすずめのお宿公園でそう思った。竹を見て。ほら、おれ、前はよくギターをいじったりしてたじゃん。そういう作業は好きなんだよ。だから、それならやりてえと思った。音楽ではプロになれなかったけど、そっちならやれるかもって」

「だから音楽をやめたんだ」

「だからやめたわけじゃなくて、やめてからそっちを思いついた。やめてなかったら思いつけてなかったかもな」

「やめて、いいの？」

「いいよ。音楽のほうは、インチキなとこもあったからな」

「別にインチキではなかったでしょ」

「まあ、ちゃんとやってはいたけど。基礎の部分をないがしろにしてたっていうかさ。ちゃんと音楽を学んだりはしてねえしな」

「たいていの人はそうなんじゃない？　ロック系の人は」

「にしても、学ばなすぎた。自己流でやるってのを、いい言い訳にしてた感じだな」

わたしにはよくわからない。航治郎自身が言うなら、そうなのだろう。

「キヌ、まだ歩いてんの？」と訊かれ、

「座ってる」と答える。

「だよな。何か、動いてる感じはなくなった。どこ？」

「公園」

「ベンチ？」

「パンダ」

「は？」

「ねぇ、それ、トモと永田くんにも言った？」

「言ってねえよ」

「言わないの？」

「言わねえよ」

「でもわたしには言うんだ？」

「一応、元カノだから」

「元カノって、一番言わない相手でしょ」

「そうか？」

「そうだよ」

「言っちった」

「わたしが言ってもいい？　トモたちに」

「まあ、いいけど。自分からはわざわざ言わないだけで、別に隠してるわけじゃねえから」

「わたしもわざわざは言わないけど、何かあったら言うよ」

「トモと永田、何してんのかな」

「訊けば？」

「いいよ」

「何でよ」

「もう関係ねえし。つーか、バンドじゃねえし」そして航治郎は言う。「以上。報告は終了。そんなに長くなかったろ？」

「うん」

「キヌは今も書店で働いてんだよな。まだあの店？」

「そう。有楽町」

「やっぱわざわざは行かないけど、本買う用があったら行くわ。そんときは、シカトすんなよ」

「しないよ。お客さんとして扱う」

「そうしてくれ。扱ってくれ。じゃあ、切るわ」

「航治郎」

「ん？」

「教えてくれてありがと」

「あぁ。うん」

「がんばってね」

「がんばってるよ。うわ、これ結構ムズいっすね、とか先生に言いながら、がんばってる」

「家具を売るようになったら言って。買うから」

「おぉ。マジか。言うよ。そんじゃ」

「じゃあね」

電話を切る。航治郎が先に。

いつもそうなのだ。航治郎は、かけた電話でもかかってきた電話でも自分が先に切る。

時計表示に戻ったスマホの画面を見る。十六時五十一分。

わざわざは言わないけど、何かあったら言うよ。とわたしは航治郎に言った。何か、はない。が、まだアルバイト前のはずのトモにＬＩＮＥで伝えることにした。

トモは妻帯者だから、通話ではない。メッセージ。航治郎から今聞いたことを簡潔にまとめて、送信した。

永田くんはどうしよう、と考え、まあ、後日だな、と結論した。行政書士の試験を受けるために勉強している永田くんの邪魔をするのも悪い。しかもその試験は、確か今月、十一月のはずなのだ。

もうかかってくることはないと思っていた航治郎からの電話。ギターをやめたという、報告の電話。

時間が経ったのを感じる。バンドをやめてまだ二年半強なのに、感じる。

自分がその背に座っているパンダを見る。心なしかさびしげに見える。ここからだと顔は見えないのに。

わたしたち四人。かつては毎日のように会っていたが、バンドが解散した途端、ぱたりと会わなくなった。今は都内各所に散らばっている。いや。そのころも、散らばってはいたのか。

東京には、全国各地から人々が集まっている。大学生のときに初めて、それを実感した。規模が大きいこともあり、わたしの大学にも各地の出身者がいたのだ。

まず、関東は全都県。そこ以外だと、岩手、山形、福島、新潟、富山、三重、奈良、兵庫、徳島、大分、熊本。

思いだせるだけでそんなにいた。全員と知り合いだったわけではないが、あの人はそこ出身、と聞いた人も含めればそうなる。

永田くんは都内板橋区の出身。航治郎はぎりぎり都外、神奈川県川崎市の出身。トモは栃木県足利市の出身。わたしは都内杉並区の出身だが、母の出身は滋賀県だ。琵琶湖に近い彦根市。

たぶん、わたしが住むアパートもそんな感じなのだろう。他県の出身者が何人もいるのだろう。それぞれがそこで一人暮らしをしているのだ。

アパートは全十室。ほかの九人のことは知らない。考えたら、一人の顔も名前も知らない。たまにすれちがうことはあるが、お互い、見ないのだ。別に無視しているわけではなく、それがマナーという感じで。あいさつぐらいはするべきかなと毎回思うが、思っているうちにすれちがってしまう。

井荻の都営住宅にいた土橋米子さんのようなお隣さんはいない。

米子さんも、厳密にはお隣さんではない。あいだに一室挟んではいた。それでもお隣さん感は強かった。よく声をかけてくれたし、親しくもなった。

今、アパートの隣の人とそうなりたいかと言えば。なりたくはない。もしも頻繁に声をかけられたら、煩わしいと感じてしまうかもしれない。が、一方では、現状を少しさびしくも感じる。勝手なものだ、人は。

ついこないだ、小倉琴恵の短編「おとなり」を読んだ。やはり散歩がてら行った図書館で、小説誌に掲載されていたのを見つけたのだ。

短編なので、三十分ほどで読めた。要約すれば。亡くなったアパートの隣人にお線香を上げるべく、その実家を訪ねる人の話。

二人はともに男性。亡くなったほうが五十代で、訪ねるほうが二十代。特に親しかったわけではない。虫が苦手な二十代のために、五十代が何度か退治してやった。それだけの関係。でも行きがかり上、そうなった。行きがかり上ではあるが、それでも二十代は自身の意思で五十代の実家を訪ねた。

悪くない話だった。妙なリアリティがあった。行きがかり上、なのもよかった。あり得るかも、と思わされた。それがほかの短編と一冊にまとまって刊行されたら、そのときは買うつもりだ。

小倉琴恵は、こないだ出た『卒業集』もおもしろかった。卒業、をテーマにした連作短編集だ。

卒業といっても、学校からのそれではない。個人の生活というか、人生のなかでのそれ。予定外に妊娠した子を産むことで、自身が子どもであることから卒業する十代女性。それをきっぱりあきらめてカノジョと結婚することで夢を卒業する三十代男性。夫と離婚することで結婚を卒業する四十代女性。性欲を含む一切の欲がなくなることで色恋を卒業する六十代男性。そしてその四人が狭い町のなかで微妙につながる。

すごくよかった。それも自分で買ったし、売場用のＰＯＰも自分で書いた。こうだ。

卒業。したいようなしたくないような。でも、します！

わたしは立ち上がる。パンダの頭を撫(な)で、ついでにライオンの頭も撫でて、ぱんだ公園をあとにする。

お団子に後ろ髪を引かれたが、商店街には戻らず、細い道を小刻みに曲がって、北上。駅前を素通りし、中野新橋を渡る。

駅名にもなっている中野新橋。神田(かんだ)川に架(か)かっている。川自体が細いから、橋も短い。でも欄干(らんかん)が赤く塗られているので、かろうじて橋感はある。歩くたびに橋がこう言うのが聞こえるような気がする。

ほら、橋ですよ。ただの道にも見えちゃいますけど、ちゃんと橋ですよ。


そしてわたしはお店に入る。ジャズを流すカフェだ。

ここは午後十一時までやっている。お酒も飲める。おつまみもある。

だから休みの前夜にはよく来る。ビールやジントニックを飲み、チーズやナッツを食べる。手持ちの本を読むこともあるが、それはたまに。では何をするかと言えば。たいていは何もしない。ただぼんやりジャズを聞く。流されているジャズを、ただ聞く。

　中野新橋は、まあ、住宅地。飲食店が多いわけではない。東京の町にしてはむしろ少ないほうかもしれない。が、こんないいお店が一軒あればそれで充分。住んで四年七ヵ月。わたしはそう思っている。

　このお店は、初めて来たときから気に入った。ヴォーカルなしのジャズを聞いたのは初めてだが、それもまた気に入った。

　わたしはイヤホンで音楽を聞かない。聞くときはスピーカーから音を出す。大きな音にはできなくても、そうする。

　ちゃんとその場に音楽がある感じで聞きたいのだ。音楽がちゃんとそこにある。その場の空気を震わせている。そんな状態にしたい。たぶん、聞き流したくないのだと思う。

　学生時代、勉強するときに音楽をかけたりもしなかった。あれは聞くためにかけるのではない。集中への導入剤のようなものだ。実際に集中したら、もう音楽は聞いていない。聞こえていない。それを、聞いているとは言えない。なら聞かない。

　だから。

　こうしてゆっくり音楽を聞くのはいい。何してるの？　と訊かれ、音楽を聞いてるの、と答えられる。そんな時間をつくるのは、いい。

　前に一度、時間がないわけでもないのに映画を倍速再生で観ていたことに気づき、はっとしたことがある。

話の筋がわかればいいだけなのか。登場人物たちの会話の間とか声の揺らぎとか、そういうのはどうでもいいのか。わたしはこれで楽しめているのか。何のためにこれをしているのか。そう思った。音楽なら絶対無理。曲を倍速再生して楽しめるわけがない。と。

それからはもう倍速再生はやめた。動画自体もそんなに見なくなった。だったら本でいいや、と思えた。同時に、本の流し読みもやめた。それは倍速再生と同じだから。とりあえず見終えた。とりあえず読み終えた。その満足感はどこか虚(むな)しい。虚しい満足感。言葉自体が変だ。満足していないだろう、それは。

このあと気が向いたらビールとおつまみにいっちゃおう。そのままご飯も食べちゃおう。ピラフかな。トーストかな。ちょっと高めのＢＬＴサンドかな。

そんなことを考えながら、まず頼んだ深煎(ふかい)りのコーヒーを飲んでいると。スマホにＬＩＮＥのメッセージが来る。トモからだ。

まずはこう。

〈伊勢くん。そうなの？〉

〈そう〉と、即、返す。

〈残念だよ。伊勢くんはまちがいなく才能があったのに〉

〈それだけではダメってことなのかもね〉

〈じゃあ、それ以外には何が必要なんだろう〉

〈力がある人の目に留まる運、とか〉

〈だとすれば、切ないね〉

〈でもあれだけやって目に留まらなかったんだから、わたしたちの場合は力不足だったんでしょ〉

〈もっとやっても、留まってなかったのかな〉

〈たぶん。だからその意味でわたしたちはいいタイミングでやめたんだと思う。そこはまちがえなかったんだと思う。コロナのせいでもない。あれが限界〉

〈限界。その言葉も切ないね〉

〈トモ、バイト？〉

〈そう。六時から。さっきは洗濯物を取りこんでて気づかなかった。で、そのあとはすぐ出なきゃいけなくて。やっと時間ができた〉

〈今はだいじょうぶなの？〉

〈うん。開店前の休憩中〉

〈まだベースは弾いてる？〉

〈弾いてないよ。解散したときにやめた〉

〈解散してからはまったくやってないの？　音楽〉

〈やってない。永田くんみたいなドラマーとまた巡り会えるとは思えなかったし〉

〈永田くん、そんなにやりやすかったんだ？〉

〈やりやすかったね。もっとうまいドラマーはいるかもしれないけど、あそこまで合うドラマー

はなかなかいないよ。ぼくのほうに、人と合わせる能力がないだけかもしれないけど〉

〈トモにそれがないなら誰にもないよ。合わせる能力はトモがダントツで一番。トモがいたからバンドは六年続いたんだよ〉

〈六年。そう言っちゃうと短いね〉

〈バンドの寿命なんてそんなものでしょ。長く続くとしたら、それは、続けることで儲けが出るから〉

〈あるいは、お金がまったく絡まないから、じゃない？　プロを目指すとかじゃなく、単なる趣味でやるだけだとか〉

〈そうかも〉

〈いいバンドだったよね。カニザノビー〉

〈うん。いいバンドで、いい寿命だった〉

〈プロデビューできたとして。バンドがその先十年も二十年も続いてたとは、思えないもんね〉

〈思えないね。一曲がテレビドラマの挿入歌につかわれてちょっとだけヒット、くらいでしょ〉

〈ちょっとだけ、か〉

〈あとは、ドラマに限らず、何らかのタイアップね〉

〈うん。もうとにかく何かとのタイアップ〉

〈それってどうなの？　と言いたくもなるけど。結局はみんなそのあたりを目指してやる形になっちゃうんだもんね〉

〈そうさせられちゃうんだね。そんなシステムになってるから〉

〈それもあっての、いい寿命。プロになってたら、タイトルの三音くくりは意味ないからもうなしね、とかプロデューサーから即座に言われてただろうし〉

〈言われそう〉

〈キヌは顔がちょっとあれだから思いきってガングロにゴスロリでいこう、とかも言われそう〉

〈それはさすがに伊勢くんが怒ってたでしょ〉

〈いや、案外ノリノリで受け入れてたかも。一番売れたがってたのは航治郎だから〉

〈売れてほしかったな。せめて伊勢くんは〉

わたしは大学の経済学部に行った。下総中山から水道橋までＪＲ総武線で通った。水道橋もまた総武線の各駅停車しか停まらない愛らしい駅だ。

そしてわたしは軽音サークルに入り、バンドを組んだ。編成はごくシンプルなＶＧＢＤ。ヴォーカルがわたしで、ギターが伊勢航治郎で、ベースが堀岡知哉で、ドラムが永田正道。

なかでも最初に知り合ったのがベースのトモ。サークルに入る前から知っていた。語学のクラスが同じだったのだ。

出席番号はあいうえお順。古井。堀岡。席も前後。すぐに話すようになった。話しかけたのはわたし。トモはどう見ても穏やかな人だから、声をかけやすかったのだ。

話しているうちに、トモがベーシストであることがわかった。だからわたしも高校では軽音楽の同好会に入っていたことを伝えた。またうたいたいな、と言ったら、じゃあ、一緒に軽音のサークルに入ろうよ、とトモが言った。それまでそんなつもりはなかったのだが、トモがいるならいいかな、と思った。で、実際に入り、バンドを組んだ。

あとの二人も同学年の航治郎と永田くん。自分のオリジナル曲をやるつもりの航治郎がまずドラムの永田くんを押さえ、それからトモとわたしに声をかけた。女のヴォーカルは想定してなかったけど新鮮だよ、と航治郎は言った。

うたえれば何でもよかったので、わたしもすんなり応じた。コピーだと結局カラオケみたいになりそうだが、オリジナルでそれはないからいいかもな、と思ったのだ。

わたしが想像していた以上に、三人はうまかった。高校の同好会にも各パートそれなりにうまい子たちはいたが、その誰よりもうまかった。オリジナルをやろうという人たちはちがうのだな、と感心した。

高校ではゆるゆるやっていたわたしも、そこではぴしっとやった。やろうとするまでもない。自然とそうなった。

ヴォーカルのみ。うただけ。なのだが。航治郎の発案で、一度、エレアコギターを持ってみた。しっくりこないので、すぐにやめた。うたに集中できないのだ。ギターはせいぜいコードを弾ける程度だから、どうしてもそちらに気が行ってしまって。

トモが自分で言っていたくらいだから、トモと永田くんの相性はよかったのだろう。二人が生むリズムは、確かに心地よかった。一言で言えば、しなやか。そこに航治郎のラフなギターが乗る。それがわたしたちのバンドの音になった。トモは航治郎をほめていたが。創作能力はともかく、演奏能力はトモが一番高かったように思う。

わたしたちは学内のライヴにも出たし、学外のライヴにも出た。出まくったと言ってもいい。渋谷、下北沢、吉祥寺。出られるならどこのライヴハウスにも出た。

三年生のときには、バンドコンテストにも出場した。そこで準グランプリを獲った。それがデビューにつながるようなことはなかったが、自信にはなった。ただ、逆に言うと。そう甘くないこともわかった。グランプリを獲ったバンドも、やはりデビューはできなかったから。

わたしたちのバンド名は、カニザノビー。初めてのライヴに出る前に決めた。わたしが好きな小説のタイトルをそのまま付けた。高校生のときに船橋市の図書館で借りて読んだ小説だ。カニザノビーは、蟹座（かにざ）のB。生まれの星座は蟹座で血液型はB型、という意味。主人公がそうなのだ。

リーダーの航治郎が初めこれにしようと言ったのは、ミドリーロ。緑色、のカタカナ表記。悪くはなかったが、それでわたしも思いついてしまったのだ。それと似た感じのカニザノビーを。

採用される自信はあった。というのも、航治郎がまさに蟹座のBだから。六月二十二日生まれで、B型。しかもドラムの永田くんまでもが、七月二十二日生まれで、B型。蟹座はその六月二十二日生まれから七月二十一日生まれまでだから、二人で初めと終わりを押さえているのだ。

実際、航治郎は採用した。おぉ、いいじゃん、と言って。

わたしもB型だが、七月二十五日生まれ。獅子座（ししざ）のB。シシザノビー。惜（お）しい。あと三日早く生まれていたら、三人が蟹座のBだった。

ちなみに、トモは十一月二十三日生まれのA型。イテザノエーだ。勤労感謝の日。祝日なので、学校は必ず休み。だから誕生日を友だちから祝われない。夏休み生まれのわたしも同じ。その点でも、トモとは話が合った。

で、B型。

血液型は、日本人の場合、A型が四割でO型が三割でB型が二割でAB型が一割、などとよく言われる。つまり、B型は五人に一人しかいないわけだ。その五人に一人しかいないはずのB型が、四人のバンドに三人。多い。

さらに、B型は自己中心的だの付き合いづらいだのともよく言われる。そんな三人が集まったから、長つづきせずに解散したのかもしれない。人に合わせる能力が高いA型のトモ一人では制御できなかった、ということなのかもしれない。まあ、小説『カニザノビー』の主人公は、星座がどうの血液型がどうのにはまったく意味がない、と言ってくれているわけだが。

これもついでに言ってしまうと。こないだ、自分が勤める有楽町の店で本の整理をしていたときに気づいた。小説『カニザノビー』も、バンドカニザノビー同様、なくなっていた。文庫化の際に改題されていたのだ。ちょっとショック。

カニザノビーの曲は、すべてギターの航治郎がつくっていた。詞はヴォーカルのわたしが書いた。たまに永田くんに頼むこともあった。永田くんはドラマーだが、コーラスもやれるし、詞も書ける。どちらもかなりうまくやれるのだ。

わたしたち四人のなかで人としての能力が一番高いのがこの永田くん。それは疑う余地がない。

まず、ずば抜けて頭がいい。永田くんがわたしたちと同じ大学に来たのは、第一志望と第二志望に落ちたからなのだ。いや、落ちてるんだからみんなと同じだよ、と永田くんは言ったが、同じではない。永田くんの第一志望は私大のトップ。わたしなどは受けることさえ考えられなかったところだ。

永田くんはたいていのことをうまくこなす。頭がいいだけではない。わたしたち四人のなかでは運動神経も一番いい。少しなら料理もできるらしい。農業だって漁業だって、やればできそう。対応できてしまいそう。総合的に能力が高いのだ。

『あひる』『削れ』『土星』『神保町』。わたしたちカニザノビーの代表曲はそのあたり。トモとも話したように、タイトルは、基本、三音。英語やカタカナはなし。『神保町』だけが例外。三音ではないが、三文字なので、よしとした。

『あひる』と『神保町』の詞は、わたしが書いた。

『あひる』は、小さな檻に入れられたあひるから着想したもの。前にやはり散歩をしていて、檻で飼われているあひるを見た。中古車屋さんの駐車場の空きスペースで飼われていたのだ。

まず、檻の小ささに衝撃を受けた。そのなかで三歩も動けない感じなのだ。そしてその状況を少しもいやがっていないようなあひるに、なお衝撃を受けた。

あひるは、あひる然としたあの顔で、ただじっとしていた。三歩も動けないなかで、一歩も動かなかった。わたしも、散歩の足を止めて見てしまった。一分ほど見つめ合ったが、その間、あひるは微動だにしなかった。

ねぇ、何で君は動かないの？　何で動かずにいられるの？　というような詞を書いた。でもそれは決して否定的な意味でもない。動かない君が好き、とも書いたから。

『神保町』は、わたしたちが通っていた大学がある町。やはり好きなので題材にした。

カフェにカレー屋さんに古本屋さん。具体的な店名もいくつか出した。わたしが実際によく行っていたお店だ。

『削れ』と『土星』の詞は、永田くんが書いた。

『削れ』は。とにかく無駄なものは削れ、生きていくうえで不要なものはすべて削ってしまえ、それでただただ生きていけ、というような詞。いくらかパンク調。ライヴの一曲めにやることが多かった。

『土星』は。この部分。わたしの怒声は土星まで届いたかい？　がとても気に入っている。うたうわたし自身がこれを書けなかったことをちょっと残念に思ったくらいだ。こちらはライヴの最後にやることが多かった。

それともう一つ。わたしたちがやった唯一のカバー曲『見てみ』。これも代表曲に入れていいかもしれない。

マウンテンというバンドの曲で、珍しくトモが航治郎に、これはどうしてもやりたいと言ったのだ。重い曲だけどぼくらならうまく軽快にやれるはずだからと。

その詞はわたしが書いた。もとは英語。それを訳したのではない。日本語で新たに書いた。二番の初めに出てくるこれ。

夢のなかで抱いて
いつまでも撫でて
爪を立て痛み教えて
生きていけるように

メンバーの三人は、カノジョがカレシに言っていると思ったようだが、そうではない。わたしが母に言っているイメージで書いた。抱くは、男が女を抱く、の抱くではない。親が子を抱く、の抱くだ。

でもそんな説明はしなかった。いいようにとってくれればいい。メンバーの三人も。この曲を聞く人たちも。

ライヴはもう、本当に何回もやった。六年間で百回はやっているだろう。いや、もっとか。月イチだとしても、六年で七十二回。そんなものではない。最初の一年と最後の一年は少ないが、なかの四年は月三、四回はやっていたから。

初めは集客に苦労したが、やがてそうでもなくなった。わたしたちの名前で少しはお客さんを呼べるようになったのだ。

そうなってからも、知り合いの何人かは呼んだ。さすがに高校で付き合いかけた勝浦清継まで呼ぶようなことはなかったが、中学で一緒だった船山八汐は呼んだ。

八汐は、江本先輩を連れてきてくれた。中学が同じで、わたしとは住んでいた都営住宅の棟まで同じだった江本豪馬先輩だ。

そのときはさすがに驚いた。客席はスタンディング。八汐の隣に江本先輩がいるのを見て、えっ？ と言ってしまった。ステージ上で、マイク越しに。で、驚きながらうたった。

二人は今も付き合っている。最初のデートがそのわたしたちのライヴだったらしい。八汐が江本先輩を誘ったのだ。キヌのライヴがあるから一緒に行きましょうよ、と。

八汐とはわたしも頻繁に連絡をとっている。ただＬＩＮＥのやりとりをするだけで、もう、八汐が江本先輩を大好きであることがわかる。スタンプなどつかう必要はない。言葉の端々から好きが洩れてしまっている。溢れた愛が電波に乗って、わたしのスマホに届いてしまっている。

八汐は通信講座の会社に勤めている。江本先輩は食料品や酒類の輸入販売会社に勤めている。たぶん、二人は結婚するのだと思う。してほしい。

ちなみに、江本先輩、バンドは高校だけでやめてしまったらしい。大学ではもうやらなかったそうだ。そのライヴ後に話したときに言っていた。

下手だとわかってたからね。今の絹枝ちゃんを見て、やめといてよかったと思ったよ。とてもじゃないけど敵わない。すごい人だったんだね、絹枝ちゃん。

江本先輩は昔と変わらずいい人だった。八汐がいなければ付き合いたいくらいだ。実際、中学生のときのわたしは、江本先輩と付き合うことを少しだけ夢想した。

そんなわたしが、では誰と付き合ったのか。トモ？　と思いきや、航治郎だった。

スタジオでの練習後。二人になったときに、おれと付き合わねえ？　と言われたのだ。おれはキヌの声やうたが好きだからと。

わたしも航治郎のギターは好きだった。航治郎がつくる曲も好きだった。航治郎は、荒々しく見えて時に繊細（せんさい）なギターを弾き、時に繊細な曲もつくるのだ。

でも結局はそれで勘ちがいをしたのだと思う。わたしが好きだったのは航治郎のギターと曲であって、航治郎自身ではなかったのだ。たぶん。

航治郎とわたしが付き合ったのは、大学二年生の終わりから。

付き合って何度めかの練習のとき、航治郎が自ら言った。おれら付き合ってっから、と。

あ、そうなんだ、とトモは言い、わかってたよ、と永田くんは言った。トモは本当に気づいていなかったようだが、永田くんは付き合ってすぐの練習のときにもう気づいたそうだ。だってさ、航治郎、古井さんの腰に手をまわしてたじゃん。わたし自身は気づかなかったが、そうだったらしい。航治郎も無意識にしたことだったらしい。

それからの一年は順調だった。バンド活動も、航治郎とも。

そしてこれが来た。学生であるからには避けられないもの。就活だ。

航治郎はプロを目指すつもりだと明言した。だから就活はしないと。

永田くんは、プロを目指すとは言わなかったが、いずれ資格をとることを考えているので就職はしないと言った。

意外だったのはトモだ。普通に就活をするのだろうと思ったが、しなかった。今は第二新卒とかもあるんだから無理に今年しなくてもいいだろ、と航治郎に言われ、あっさり受け入れてしまった。

いや、第二新卒って、一度就職してやめた人のことでしょ。そこでマナー研修とかを受けてるから企業も採りやすいんでしょ。とわたしは言ってみたが。いやいや、何だかんだで結局年齢だろ、と航治郎がごまかし気味に押しきった。

わたし自身は、まさに普通に就活した。バンドは働きながらやる、と言って。

航治郎も強く反対することはなかった。それはわたしの生い立ちを知っていたからでもあるが、バンドがうまくいけば会社はすんなりやめると思っていたからでもあるだろう。

で、まあ、予想どおりになった。

わたしたち四人が大学を卒業してからのバンド活動は、うまくいかなかった。そう簡単ではないのだ。

わたしが働くようになってライヴをやる回数は減ったが、出られるコンテストには出て、受けられるオーディションは受けた。すべて落ちた。デモ音源も、各レーベルなど、送れるところには送った。すべて連絡は来なかった。

代わりにこれが来た。致命傷。コロナだ。それがもう、一気に広まってしまった。

初めは楽観視していたが、すぐに相当まずい事態であることがわかった。ライヴハウスは閉まり、スタジオも閉まった。コンテストは中止になり、オーディションも中止になった。

それでも、どうにか実施された一つ、音源だけのオーディション、にその音源を送った。

落ちた。

その後、久しぶりに四人で集まった。カフェやファミレスでというのは難しかったので、場所は大学の近くの公園にした。

落選の結果を受けて、航治郎は言った。

耳あんのかよ。

審査員に音楽の良し悪しを聞き分ける耳はあるのか、ということだ。

あるに決まっていた。彼らにはわたしたちをひいきする理由がない、わたしたちの音楽を好意的に聞く必要もない、というだけの話なのだ。

審査員のせいにするようになったら終わり。わたしはそう思った。たぶん、頭のいい永田くんはもっと早い段階でそう思っていたし、トモもそのときにはもうそう思っていた。

キヌがこっちに打ちこんでくれてりゃあな。

わたしと二人きりになったときに航治郎が吐き捨てるようにそう言ったところで、本当に終わりだと思った。バンド活動も、航治郎とも。

そこでわたしは言った。

芽留ちゃんとうまくやって。

航治郎は言った。

何だよ。気づいてたのかよ。

気づいてはいなかった。せいぜいあやしいと思っていた程度。実際に手を出していると思っていたわけではない。さっきの電話で、二股はかけてなかったと航治郎は言った。気はあったということだろう。

航治郎とわたしが別れ、カニザノビーは解散した。一応は全員が納得しての解散だった。

すごく楽しかったよ。おつかれさま。とトモはわたしに言った。最後まで人に合わせたトモ。その言葉は悲しく響いた。声ではなく、やはりＬＩＮＥのメッセージだったのに。

解散はしかたない。いずれはそうなっていたはず。でもそんな形での解散になったのはわたしと航治郎のせいだとわたしは思っている。わたしと航治郎は、付き合うべきではなかったのだ。バンド内での色恋。自分のことながら、どうしようもない。バンド内でメンバー同士が付き合ったりしたら、そんなことにもなってしまう。寿命。確かにそうとしか言えない。

〈トモはまだあのお店？〉とわたしは尋ねる。

〈うん。『インサイド』〉

〈バイトなんだよね？〉

〈そう。結婚してるのに〉

〈音楽に未練があるとか？〉

〈奥さんにもそう言われたよ〉

〈あるの？〉

〈少しはあったけど。今はもうない。ゼロ。でもこのバイトは続けるよ。子どもをつくるから〉

〈どういう意味？〉

〈生まれたら、ぼくが主夫をやる〉

〈しばらくはってこと？〉

〈ずっとかも。奥さんは仕事が大好きだから。そんな奥さんをぼくは大好きだから、そうする〉

〈トモ、ノロケがすごい〉

〈ノロケじゃないよ。事実〉

〈というそれもノロケに聞こえるよ〉

でもわかる。ノロケているわけではない。これがトモなのだ。

〈ベースはやめたと言ったけど、趣味ではやるよ。子どもが大きくなったら聞かせる。そのために少しは練習するつもり。久しぶりにやってみたら下手でした、じゃ困るから〉

子どもにベースを聞かせるトモ。きょとんとしている子ども。それを笑って見ている奥さん。そんな光景が、何となく想像できる。

〈子どもが何人になるかわからないけど〉

〈何？〉

〈トモは家族でバンドをやりな。バンドにトモがいれば、必ずうまくいくから〉

〈ぼくらはうまくいかなかったじゃない〉

〈それはわたしたちのせい。バンド内で付き合ったバカップルと、バンドの先に資格をとること

を見据（みす）えた両天秤（りょうてんびん）くんのせい。トモ以外の三人のせい〉

〈じゃあ、ぼくは、お金がまったく絡まない、趣味のファミリーバンドを目指すよ〉

〈うん。でもバカプロデューサーの目に留まってプロデビューしちゃったりして。バンド名は、堀岡家（け）〉

〈一年持たなそうだね〉

〈わからないよ。武道館どころかドームまで行くかも〉

〈堀岡家が？〉

〈そう〉

〈そしたらもう何でもありってことで、カニザノビーも再結成して前座をやってよ。ぼくはそっちにも入るから。そこでは三音くくりでやらせてもらおう。『あひる』も『土星』もやっちゃおう。ぼくが好きな『見てみ』もやっちゃおう〉

笑いつつ、わたしはこう尋ねる。

〈トモ、時間はだいじょうぶ？〉

〈じゃあ、そろそろ。また何かあったら教えて〉

〈了解〉

〈たまには『インサイド』に飲みに来てよ。店が開いてれば、ぼくはいるから〉

奥さんがいてもその形ならいいかと思い、こう返す。

〈いずれ〉

いずれ。明日かもしれないし、十年後かもしれない。行かなくはない。行く。

〈それじゃあ〉

〈仕事がんばってね〉

〈ありがとう〉

やりとり、終了。

航治郎同様、トモも久しぶりだったのに、長く話してしまった。昨日も話していたかのように、すんなり話せた。トモだからだ。

スマホをテーブルに置き、コーヒーを飲む。ちょっと冷めてしまったが、おいしい。

と、ここで、ヴォーカルありのジャズが流れてくる。

ビリー・ホリデイの『ジーズ・フーリッシュ・シングス』。

その音からここまでわかる。一九三六年にニューヨークでテディ・ウィルソン楽団としてレコーディングされたものだ。

バンドをやっていたとき、ビリー・ホリデイはよく聞いた。ロック系の人たちを聞くうちに、流れでたどり着いたのだ。

とても好きになった。ほかのジャズシンガーはそうでもなかったが、ビリーには惹かれた。声もうたい方もよかった。二つが見事にそろっていた。

『ジーズ・フーリッシュ・シングス』は三分二十秒ほどの曲だが、ビリーが登場するのは一分半が過ぎてから。昔の曲なのに斬新（ざんしん）だなと思って調べてみたら、こういうことだった。このころのジャズはダンス音楽でもあったので、まずはダンス用にバンドが演奏し、それからシンガーがうたう、と。

バンド全体での演奏→ピアノ→ビリーが入ると思いきやサックス→またピアノ→やっとビリー→トランペット。おしまい。

あらためて聞いてみると。声が楽器扱い、という感じもある。それはそれで悪くない。ヴォーカル経験者としては、うれしい。バンドのヴォーカリストは時に、楽器が弾けない人、楽器が弾けないからうたっている人、と見られたりもするから。

ここでサックスを吹いているのはレスター・ヤング。

そういえば。ビリー・ホリデイとレスター・ヤングには、恋愛関係とはまた別の音楽家同士の強い結びつきがあった、と聞いたことがある。わたしと航治郎とはちがうのだ。そこは世界的な大御所二人。そんなに安くはない。

ビリーのうたは、演奏より少し遅れる。本当に少し。遅れすぎない。

よく大げさにこれをやる人がいる。わざと大きく遅れて、一気に戻す。結局はそれをくり返すだけだから、あまりおもしろくない。崩しているようで、崩せていない。崩すこと自体が定型になってしまっている。崩すことで、かえって平板になってしまっている。

でもビリーのそれはナチュラル。作為(さくい)がない。何なら、遅れていると感じさせすらしない。遅れ方というか外し方が絶妙。これはまねできない。わかっていても、コピーできない。

世の中には、すごい人がいるのだ。いたのだ。

　こういう人が、ちゃんとうたう場を与えられてよかった。世に出るためにおかしなキャラ付けをさせられたりしなくてよかった。


　二月。今日は仕事が休みなので、久々の土曜散歩。

　小売関係ではあまり望めない土日休みがまさに久々に巡ってきたのだ。

　では何をしてやろうかと思ったが、わざわざ会うほどの友人は八汐しかおらず、その八汐は江本先輩とデートの予定なので、結局はいつものように散歩をすることにした。

　まずは北へ。中野新橋の二つ東隣の花見(はなみ)橋で神田川を渡り、そのまままっすぐ進んで青梅(おうめ)街道に出る。

　そこから左に曲がって新中野やその先の東高円寺に行こうかとも思うが、直進。さらに北へ。一方通行の細い道をゆっくり歩く。

　一戸建てにアパート。それらがみっしり詰まっている。東京には本当に多くの人が住んでいるのだなと実感する。

　やがて城山(しろやま)本通りというところへ出たので、左折してそこに入る。

　たぶん、そちらへ進めば中野駅。というざっくりした予想のもと、坂を上り、歩く。

　すると、いきなり交差点に出る。

　広くはないが、五差路。向かいにはホームセンター。一方通行路を挟んで、その隣にも大きな建物がある。文化センターらしきもの。

横断歩道を渡り、行ってみる。

そこでは、コーラス発表会、をやっている。中学生のときに杉並区でも観たあの類だろう。母も出たあれだ。

だとすれば、との予想どおり、入場は無料。

ならばと入ってみる。

何と、大ホール。二階席まである。お客さんが千人以上入れるだろう。プロもやれるような場所だ。

コーラス発表会は十三時開演。すでに始まっていた。

一階中ほどの席にわたしが座ったときは、二十人規模の混声合唱団がうたっていた。

女声七割、男声三割。見た感じ、男性は六十代から七十代ぐらい、女性は四十代から七十代ぐらい。

曲は知らなかった。

でもそんなことは関係ない。うたがわたしをすんなり包んだ。ふんわりと包みこんだ。

これはいつもそうだ。

人の声は耳に優しい。するりと滑りこんでくる。楽器の音もいいが、それとはちがうのだ。もっと、こう、近い。

人の声が、うたが、大ホールの空気を揺する。

わたしは目を閉じてその声を、そのうたを聞く。見ないのももったいないと思い、すぐに目を開けて、うたっている人たちを見る。それからまた目を閉じる。

声はいい。うたはいい。

人には声がある。楽器よりも先に声があった。音楽は、声から生まれたはず。その後、合唱も生まれたのだ。

声を合わせる。重ねる。それで素敵な効果が出ると気づいたとき、人々は震えたのではないかな。もしかしたら、天使が降りてきたと思ったのではないかな。

声。そしてハーモニー。女声合唱も男声合唱もいいが、混声合唱もいい。

知り合いでも何でもない人たちの声がこんなにも心に響くのは何故なのか。

初めてそれがわかった。わかってみれば簡単だった。

うただからだ。声がうたになっているからだ。知り合いでも何でもない人たちが、うたっているからだ。

そう。

結局、わたしが高校大学とバンドをやったのは、うたいたかったからだ。中学生のときに、うたはいいと思わされたからだ。母がそう思わせてくれたからだ。そしてわたしが望んだうたの形態が、高校大学ではそれだったのだ。バンドでうたうことだったのだ。

人がうたうとき、その人が善人だとか悪人だとかいうのは関係なくなる。その人の声にしか、意味はなくなる。またその人が健康だとか病気だとかいうのも関係なくなる。やはりその人の声にしか、意味はなくなる。

杉並区のホールでうたったあのとき。母は自分が病（やまい）に冒（おか）されたことを知っていた。なのに、あの顔でうたっていたのだ。とても楽しそうなあの顔で。

そこにごまかしはなかった。母は本当に楽しんでいた。わたしにはわかる。だって、娘だから。

お母さん、もっとうたいたかっただろうな、と思う。

自分に言う。

これのどこが貧乏くさいのよ。


建物を出ると、わたしはもみじ山通りをまたまた北上。西武新宿線の新井薬師前（あらいやくしまえ）駅を目指す。中野からＪＲで荻窪へ行き、そこから歩く、というのも考えたのだが、やはり西武新宿線をつかいたかった。懐かしい井荻駅にちゃんと降り立ちたかった。

今度は行き当たりばったりではない。アプリの地図を見て歩く。二十分ほどで新井薬師前駅に着く。

そこから六駅先の井荻へ。

もう、今日のうちに行きたかった。行ってしまいたかった。

井荻駅の改札を出て、歩く。そして昔住んでいた都営住宅に着く。

階段を二階へ上り、かつてよく訪ねた一室を訪ねる。土橋米子さん宅だ。

もう住んでいない可能性もある。それならそれでいい。今住んでいる人に事情を説明して去る。それだけのこと。そう思っていた。

米子さんは、いてくれた。

チャイムに応えてドアを開けてくれたその瞬間、匂いでもうわかった。人の家には特有の匂いがある。これは土橋家の匂いだ。

その匂いを嗅(か)ぐと同時に見た顔。米子さん。髪はずいぶん白くなったが、紛(まぎ)れもなく米子さんだ。

「あれっ」とその米子さんが言う。

「誰かわかりますか?」とわたし。

「わかるよ。えーと、絹枝ちゃん。古井絹枝ちゃん。君枝さんの娘の絹枝ちゃん」

絹枝ちゃん、三連発。うれしい。母の名前まで出た。それだけで心がキュウッとする。いきなり涙が出そうになる。

どうにかこらえて言う。

「よかった。気づいてもらえなかったらどうしようかと思いました」

「そりゃ気づくよ。と言いつつ、わたしもよかったよ、気づけて。絹枝ちゃんのことはちゃんと覚えてる。まだボケてないね」

「お久しぶりです」

「ほんと、久しぶりだね。何年ぶりよ」

「えーと、十二年とか、十三年とか」

「そうか。そんなだ。わたし、もう七十代だよ。七十二」

ということは。あのころはまだ五十代だったのだ。おばあちゃんのように見えたのに。

「でもお若いじゃないですか」

「どこがよ。ばあさんもばあさんじゃない。いやだねぇ。みんな歳とっちゃう。そう。岩塚さんは、こないだ死んじゃったわよ」

「あぁ。そうですか」

岩塚繁さん。米子さんと一緒に合唱をやっていた人だ。

よく覚えてたな、と自分で思う。合唱の練習のときと本番のとき、二度しか会ったことがない人なのに。いや、本番のときは客席から見ただけだから、会ったと言えるのは一度だ。

「ウチのダンナも最近体の具合が悪くてね」

「そうなんですか?」

ダンナ。信親さんだ。映画関係の仕事をしていたという。

「もう長くないかも」

「そんなに、ですか」

「うん。今七十七だから、少し早いけどね。でも、まあ、好きに生きたんだから、いいのかな」

「病院に、いらっしゃるんですか?」

「そう」

「すいません。そんなときに」

「いいよ。そんなときだからこそ、絹枝ちゃんに会えてうれしい」

「わたしもうれしいです。米子さんがまだいてくださってよかったです」

「わたしはいるよ。どこにも行きようがないんだから」

　無礼を承知で、つい訊いてしまう。

「あの、万が一、米子さんがお一人になられても、ここには住めるんですよね？」

「それはだいじょうぶだと思う。とっくに六十を過ぎてるし。それで追い出されることはないはず。ただ、もしかしたら、単身者向のとこに移ったりはしなきゃいけないかもしれないけど」

「あぁ」

　そのあたりについて、わたしが言えることは少ない。ただただ米子さんが困らないようにしてほしい。今さらいやな思いをすることがないようにしてほしい。それだけだ。

　でもこれなら言える。言う。

「合唱はまだやってるんですか？　コーロ・チェーロ」

「やってるよ」

　自分で訊いておいて、言ってしまう。

「あ、やってるんですか」

「やってるよ。歳をとってても声は出るからね。七十になっていきなり始めるんじゃ難しいかもしれないけど、ずっとやってればちゃんと出るよ。といっても、ちょっとずつ出にくくはなってきてるけど。もしダンナが逝っちゃっても、そっちはやめないね。うたはうたいたいよ」

「区の大会にも出てるんですか？　わたしが前に観に行ったあれ」

「出てるよ」

「いつでしたっけ」

「十月」

「そうか。その時期でしたね。聞きたかったなぁ」

「絹枝ちゃんは、今、何してんの？」

「書店で働いてます」

「本屋さん？」

「はい」

「そうか。図書館とか、よく行ってたもんね」

「そうですね」

「本を読んでるからこの子は絶対頭がよくなる、と思ってたよ」

「よくなりませんでしたけどね」

「なったでしょ。本屋さんで働けてるんだから」

「うーん。どうなんでしょう」

「で、どこに住んでんの？　えーと、千葉のほう？」

「いえ。中野区です。中野新橋」

「結婚したとか？」

「いえいえ。してないです。予定もないです。一人で住んでますよ」

「中野新橋っていうと、丸ノ内線？」

「はい。方南町支線です。中野坂上で本線から乗り換えて、一つめ」

「ここから遠くないんだ？」

「まあ、そうですね」

「じゃあ、入れば？」

「はい？」

「コーロ・チェーロ」

「あぁ。さすがにそれは。もう杉並区の住人ではないですし」

「関係ないよ。区民でなきゃダメってことはないし。元杉並区民というか、元井荻民じゃない」

イオギミン、という言葉にちょっと笑う。そしてやはりちょっと泣きそうになる。

「まあ、あれだ。やりたくなったらいつでも来てよ」

「はい。ありがとうございます」

「でも、そうかぁ。絹枝ちゃん、こんなに大きくなったかぁ。美人さんにもなっちゃって」

「いえ。それは、言われたことないです」

「いやいや。わたしなんかにしてみれば、もう、若いってだけで美人さんだよ。って言うとほめてないみたいだけど、ちゃんとほめてるから。大きくなると、やっぱり似るね」

「はい？」

「絹枝ちゃん、君枝さんに顔が似てるよ。子どものころより今のほうが似てる。だからやっぱり美人さんだよ」

「ありがとうございます」

そうとしか言えない。

「でも結婚はしてないんだね」

「はい」

「したら、幸せになんな」

「はい？」

「結婚する相手は慎重に選んで、幸せになんな。こう言っちゃ何だけど。わたしとか君枝さんとかみたいになったらダメだよ」

「あぁ。はい」と言ってから、足す。「いや、でも。わたしの母は離婚しちゃったからあれですけど。米子さんは」

「やりたいことをやる男もね、若いうちはいいのよ。でもそんな男だって歳はとるからね。やりたいことも、やれなくなっちゃう」

「あぁ。はい」とまた同じことを言ってしまう。

「といってもさ、絹枝ちゃんがいたから君枝さんは幸せだったはずだし、わたしだって幸せだけどね。若いころはダンナと一緒にちょっとぐらい夢を見れたし、その夢を見た記憶が残ってもいるから。でも絹枝ちゃんは、もうちょっと上の幸せをつかみな。何でも一番安いものを買うんじゃなくて、せめて一つ上のものを買えるくらいの幸せは、つかみな」

「はい。えーと、がんばります」と中学生のようなことを言ってしまう。そしてこう続ける。「あの、手みやげもなしで来てしまってすいません。急に思いついたんで、そこまで頭がまわらなくて」

「いいよ、そんなの。思いついてくれただけで充分。わたしのことを覚えててくれただけで充分。来られるようならまた来て。早めに言ってくれれば、ご飯だってつくるから」

「ありがとうございます。じゃあ、今日はこれで失礼します。もしできたら、信親さんにもよろしくお伝えください。って、わたしのことを覚えていらっしゃるかわからないですけど」

「だいじょうぶ。覚えてるよ。前に住んでたあの小さい子って、本人がたまに言うから。ちゃんと伝えとくよ。あの子もあんたのことを覚えててくれたよって」

「お願いします。それじゃあ」

「じゃあね」

頭を下げて、去る。

階段を下り、都営住宅を出る。

とりあえず井荻駅に戻るが、電車には乗らない。地下道を通って線路をくぐり、北口側から南口側へ。

今度は荻窪駅へ向かう。環八通りを南下する。

三十分ぐらいかかるが、かまわない。むしろちょうどいい。歩きたい。いろいろ考えたい。整理したい。

何だか悪いことをしてしまったような気がする。そんな気は、さっきからずっと、している。信親さんが大変なときに米子さんを訪ねてしまったから、ではない。手みやげを持ってこなかったから、でもない。どちらも失敗は失敗だが、そのせいではない。

では何故か。一緒に合唱をやるのを拒んだような形になってしまったからだ。

コーロ・チェーロに入るのがいやだったのではない。米子さんと一緒にうたうのがいやだったわけでは、もちろん、ない。

わたしは、自分でやろうと思った。合唱団を自分で立ち上げることを、思いついてしまったのだ。うたはうたいたいよ、と米子さんが言ったあたりで。

ちょっとした思いつきではあった。が、すぐにそれはふくらんだ。今もふくらみ続けている。やはりふと思いついたメロディを口ずさむ。思いついたというよりは、スルスルッと内から出てきた感じ。ちょっと悲しいが優しくもある。そんなメロディだ。

わたしはそれをくり返し口ずさむ。忘れないように。何度も何度も。

そして、あ、そうだ、と思い、スマホの音声メモに録音する。環八通りを歩きながら。杉並区の町の音とともに。

これでひと安心。おぉ。わたし、作曲した。とうれしくなったところで、曲のタイトルがぽんと浮かぶ。

『あなたのかけら』。

あなた、は母。古井君枝。母のかけら。つまり、わたしだ。かけらは、どちらかといえばマイナスイメージがある言葉かもしれない。でも、いい。ここでのマイナスは、ちゃんとプラスを孕（はら）んでいる。

もうカニザノビーではないから、タイトルの三音くくりはなし。何でもいい。英語でもカタカナでもいい。例えば『イオギミン』でもいいのだ。イオギミン。何語かと思ったら、実は日本語。井荻民。いい。

わたしは、はっきり思う。

オリジナル曲をうたおう。オリジナル曲で合唱をやるのだ。

そういうのはあまり聞いたことがない。アカペラグループの人たちはやっているかもしれない。でもああいうポップな感じではなく、あくまでも合唱でやりたい。

曲は自分でつくる。わたしは楽器をうまく操れないから、こんなふうに声でつくる。コードとかではなく、直接うたのメロディをつくってしまえばいいのだ。専門的なことは、専門的な人、指導してもらう指揮者の先生にまかせて。

いい。本当に、いい。時間をかけて『あなたのかけら』を仕上げ、そのあとに『イオギミン』もつくろう。

詞は自分でも書くが。永田くんに頼むのもいい。

わたしの怒声は土星まで届いたかい？　その感性は捨てがたい。合唱曲や唱歌のイメージに囚われなくていい。そこは自由でありたい。

合唱と日常を分けたくない。日常にうたが入りこんでくる感覚。バンドをやっていたときに味わえたその感覚を、また味わいたい。今度は合唱の形で味わいたい。

メロディを録音したあとも手にしていたスマホ。その画面を見る。指で操作し、電話帳を表示させる。そのなかからこれを選ぶ。永田正道。

発信。

航治郎から電話をもらったとき、トモとＬＩＮＥでやりとりはしたが、永田くんには連絡しなかった。今、する。いきなり電話をかけてしまう。

つながらないかと思ったが、つながる。永田くんは五秒くらいで出てくれる。

「もしもし」

「もしもし。永田くん？」

「うん」

「わたし、古井」

「久しぶり」

「久しぶり。よかった、出てくれて。わたしだとわかった？」

「わかったよ。画面に名前が出たから」

「残しといてくれたんだ？　番号」

「消さないよ、別に」

「そうか。元カノとかじゃないもんね」

「うん」

「とにかくよかった」

「どうしたの？」

「えーと、まず謝るね。両天秤くんなんて言っちゃってごめんなさい」

「ん？　何？」

説明した。

去年航治郎から電話がかかってきたこと。ギターはやめて家具職人になるつもりだと言っていたこと。それをトモにＬＩＮＥで伝えたこと。その際に永田くんを両天秤くんと表現してしまったこと。永田くんの試験は確か十一月だから、邪魔になると思って連絡はしなかったこと。しないまま今日までズルズル来てしまったこと。

それを聞いて、永田くんは笑った。

「もう両天秤くんじゃないよ」

「発表は、まだ？」

「いや、今週の水曜にあった」

「え、そうなの？」

「そう。それでかけてきたんじゃないの？」

「いやいや。ちがうちがう。知らなかったよ。でも、ごめん。そうだったんだね」

「うん」

　こうなったら、訊かざるを得ない。

「えーと、どう、だったの？」

「おかげさまで」

「合格？」

「うん」

「うわ、すごい。さすが永田くん。おめでとう」

「ありがとう」

「やっぱりちがうわ。ほんとに受かるんだね」

「いや、たまたまだよ」

「いや、大学で第一志望に落ちたのがたまたまだったんでしょ」

「おぉ。懐かしい」

「って、ごめん。いやなことを思いださせた」

「いやなことじゃないよ。落ちたからカニザノビーをやれたし」

「何にしても、よかった。合格して、これからどうなるの？」

「それを基に就職するか、自分で開業するか、だね。どうするか、今考えてるよ」

「そうなんだ。じゃあ、しばらくは忙しいか」

「おれ自身はそうでもないけど、家庭教師のバイトでちょっと忙しいかな。教えてる子たちがちょうど受験だから。でもそれが終わればだいじょうぶ。何？」

「永田くん。うたやんない？」

「え？」

「合唱。で、詞も書いてよ」

「詞？」

「うん。わたしも書くけど、永田くんも書いて。カニザノビーのときみたいに。いろんなうたをうたいたいから」

「何、オリジナルをやるってこと？」

「そう。合唱でそれをやりたい」

「アカペラみたいなの？」

「じゃなくて、合唱。合唱然とした合唱」

「あぁ。でも、曲は？」

「それはどうにかする？」

「もしかして、航治郎がつくるとか？」

「そういうことじゃないよ。航治郎は関係ない。合唱には興味ないだろうし。曲はわたしがつくる。よかったら、永田くんもつくって」

「いや、つくれないよ」

「いや、つくれるよ。わたしもね、ついさっきつくった。といっても、メロディを思いついただけではあるけど。でもそれを整えれば、たぶん、どうにかなる。どうにかする」

「それは、まあ、いいけど。何で、おれ？」

「永田くんはコーラスがうまかったから。声がいいし、高い音も出せるから、テノールでいけるよ。もしいやならしかたないけど。詞だけは書いてくれない？　わたし、永田くんの詞は好きなの。うたいたい」

「詞か」

「また書かない？」

「というか、もう書いてる」

「え？」

「詞は、結構書いてるよ。バンドをやめてからも。何のためにってことでもなく。書くと、何か落ちつくから」

「じゃあ、書こうよ。うたうために書こう。書いてよ」

「合唱、か」

「うん。合唱。ちゃんとした格好をして、ステージでうたうの。もう大人だし」

「大人」

「行政書士さんなんだから、大人でしょ」

「うーん」

「これ、一応、言っとくと」

「何？」

「航治郎の次は永田くんとか、そういうことじゃないからね」

「え？」

「航治郎と付き合ってダメだったから今度は永田くん。トモはもう結婚してるから永田くん。みたいなことでは、まったくないからね」

「あぁ。わかってるよ」

そう言って、永田くんは笑う。スマホ越しに、笑みが伝わってくる。

「お前には興味ねえよ。と思った？」と訊いてみる。

「いや、そうは言わないけど。おれ、一応、カノジョっぽい人もいるし」

「ぽい人、なの？」

「うん。まだカノジョってほどではないかな。大学のゼミで一緒だった人」

「もしかして、前に付き合ってた人？」

「うん。元カノ」

「あ、そうなんだ。じゃあ、だいじょうぶだね」

「だいじょうぶって？」

「わたしと永田くんは、わたしと航治郎みたいにならない。一緒に活動してるからって、好きになったと勘ちがいしたりしない」

「何それ」

「まあ、そんなことはいいわ。とにかく考えてみて。わたしはもうやると決めたの。できれば永田くんと一緒にやりたい。これは、それをお願いするための電話。永田くんが試験に受かったかを探るための電話じゃなくて」

「うん。わかった。考えるよ」

「よかった。まずは、すぐに断られなくてよかった。じゃあ、いきなり電話してごめんね」

「いや、いいよ」

「あらためて。合格おめでとう」

「ありがとう」

「じゃあね」

「じゃあ」

「うたおう。永田くん」

最後に捨てゼリフのようにそう言って、わたしは電話を切る。ちょっとずるいな、と思いつつ。

やることはやった。これでいい。永田くんがやらなくても、わたしはやる。

VGBDからSATBへ。ヴォーカル、ギター、ベース、ドラムから、ソプラノ、アルト、テノール、バスへ。バンドから、合唱へ。

形は変わる。でも、うたはうた。そこは変わらない。変わらないことを、わたしは知っている。中学生や高校生のころ、バンドでうたうのと合唱団でうたうのはまったく別のことだと思っていた。そうではなかったのだ。

永田くんと話しているうちに、足は止まっていた。コインパーキングのわきで。

歩きだす前に、またスマホの画面を見る。

枝、イタリア語、とキーワードを入力。検索。

ｒａｍｏ、と出る。ラモ、だ。イタリア語で、枝は、ｒａｍｏ。

ということで、決定。合唱団名は、コーロ・ラモ。

コーロ・チェーロみたいにきれいにはいかないが、それでいい。その偶然性こそがいい。コーロは合唱、ラモは枝。君枝と絹枝。母とわたしの、枝。枝たちの合唱。

歩きだす。

しばし進み、環八通りを左に折れて、青梅街道に入る。

『あなたのかけら』のメロディを口ずさむ。詞の一節がまたもぽんと浮かぶ。

明日のうたを今日うたい、その明日を待てばいい。

あぁ、これはどこかでつかいたいな、と思っているうちに、駅が近づいてくる。右手にショッピングモールが見え、それを過ぎるとロータリーが見える。

そこで曲がれば荻窪駅。なのだが、曲がらない。わたしは青梅街道を直進する。

今電車に乗ってしまったらもったいない。そう思ったのだ。このままもっと歩きたい。メロディを曲に仕上げてしまいたい。何なら詞まで仕上げてしまいたい。

丸ノ内線は青梅街道の下を走っている。荻窪のすぐ先からそうなり、南阿佐ケ谷、新高円寺、東高円寺、新中野、中野坂上、西新宿、そして新宿まで行く。

歩き疲れたら、どこかで電車に乗ってしまえばいい。たぶん、新中野まで歩いても一時間。そこからわたしのアパートまでは十五分くらいだ。

もうすでに三十分以上歩いているわけだが。この感じなら行けるかもしれない。行ってしまいたい。井荻と中野新橋がつながっていることを、自分の足で感じたい。

何故か唐突にこんなことを思う。

八汐と江本先輩。本当に結婚してくれないかな。披露宴で、コーロ・ラモにうたわせてくれないかな。そのときは、いいうたをうたいたい。実際、うたえそうだ。八汐のためならうたえる。江本先輩のためにも、うたえる。

中学生のとき、同じクラスの細沼昇陽に言われた。

古井の母ちゃん、いつ行ってもいるよな。

コンビニにいつ行ってもわたしの母がいた、ということだ。

そのとおり。母はいつもいた。

いつ行ってもいたのは、母がそれだけ長く働いてくれていたからだ。アルバイトとはいえ、店長さんの求めに応じて時間外労働もしていたからだ。

そして今、わたしがこうしていられるのは、そんな母がいてくれたからだ。母がいてくれたから、わたしもいる。うたもうたえる。

母と一緒にうたいたかったな、と初めてはっきり思う。

母がステージで着たドレス。あの緑のドレスはまだ残している。中野新橋のわたしのアパートにある。部屋の押入れにしまっている。

あれは十三年前のもの。今だとちょっと古いかもしれない。でも、いい。コーロ・ラモの最初のステージではあれを着たい。サイズは、たぶん、合う。米子さんが言ってくれたように顔まで似ているかはわからないが、わたし、母と体形は似ているから。

湧き出てくるものがある。それがうた。

みたいなことを母が言った。

何それ、とわたしは密かに思った。そんなの、わたしからは湧き出てこないよ、とも。

今はこう思う。

湧き出てくるものがある。それがうた。

わたしからも、湧き出る。

いや、沸き出る。

この物語はフィクションです。
登場人物、団体等は実在のものとは一切関係ありません。
本書は書下ろしです。

切りとり線

あなたにお願い

この本をお読みになって、どんな感想をお持ちでしょうか。次ページの「100字書評」を編集部までいただけたらありがたく存じます。個人名を識別できない形で処理したうえで、今後の企画の参考にさせていただくほか、作者に提供することがあります。

あなたの「100字書評」は新聞・雑誌などを通じて紹介させていただくことがあります。採用の場合は、特製図書カードを差し上げます。

次ページの原稿用紙（コピーしたものでもかまいません）に書評をお書きのうえ、このページを切り取り、左記へお送りください。祥伝社ホームページからも、書き込めます。

〒一〇一―八七〇一　東京都千代田区神田神保町三―三
祥伝社　文芸出版部　文芸編集　編集長　金野裕子
電話〇三(三二六五)二〇八〇　www.shodensha.co.jp/bookreview

◎本書の購買動機（新聞、雑誌名を記入するか、○をつけてください）

＿＿新聞・誌の広告を見て	＿＿新聞・誌の書評を見て	好きな作家だから	カバーに惹かれて	タイトルに惹かれて	知人のすすめで

◎最近、印象に残った作品や作家をお書きください

◎その他この本についてご意見がありましたらお書きください

100字書評

うたう

住所

なまえ

年齢

職業

小野寺史宜（おのでらふみのり）
千葉県生まれ。2006年「裏へ走り蹴り込め」でオール讀物新人賞、08年「ＲＯＣＫＥＲ」でポプラ社小説大賞優秀賞を受賞。『ひと』が2019年本屋大賞第2位に輝き、ベストセラーに。著書に『ホケツ！』『家族のシナリオ』『ひと』『まち』（以上、祥伝社文庫）『いえ』（祥伝社四六判）、「みつばの郵便屋さん」シリーズ、『奇跡集』『夫妻集』『レジデンス』『君に光射す』など。

うたう

令和 6 年 2 月20日　　初版第 1 刷発行

著者――――小野寺史宜（おのでらふみのり）

発行者――辻 浩明

発行所――祥伝社（しょうでんしゃ）
〒101-8701　東京都千代田区神田神保町 3-3
電話　03-3265-2081（販売）　03-3265-2080（編集）
03-3265-3622（業務）

印刷――――萩原印刷

製本――――ナショナル製本

ISBN978-4-396-63659-3　C0093
祥伝社のホームページ・www.shodensha.co.jp

祥伝社文庫

好評既刊

家族のシナリオ

小野寺史宜

女優だった母さんの過去。
ぼくは知りたいと思ったんだ——。

「余命半年の恩人を看とる」
母の宣言に揺れ動く安井家。

〝普通だったはず〟の一家の成長物語。